穿戴"智能"的旅行·慢运动开启健康新时代·风靡全球的越野行走

这个世界
要这么玩

张纯洁◎著

VR虚拟射箭

走扁带

森林疗法

防空洞酒吧

"串门"旅游

反季玩海滩

穴居养颜

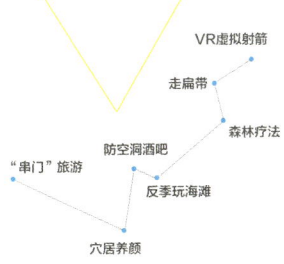

台海出版社

图书在版编目（CIP）数据

这个世界要这么玩／张纯洁著. -- 北京：台海出
版社，2018.4
ISBN 978 - 7 - 5168 - 1791 - 9

Ⅰ.①这… Ⅱ.①张… Ⅲ.①散文集 - 中国 - 当代
Ⅳ.①I267

中国版本图书馆 CIP 数据核字（2018）第 043395 号

这个世界要这么玩

著　者：张纯洁

责任编辑：戴　晨　　　　　　装帧设计：天下书装
版式设计：天下书装　　　　　责任印制：蔡　旭

出版发行：台海出版社

地　　址：北京市东城区景山东街 20 号　邮政编码：100009
电　　话：010 - 64041652（发行，邮购）
传　　真：010 - 84045799（总编室）
网　　址：www. taimeng. org. cn/thcbs/default. htm
E - mail：thcbs@ 126. com

经　　销：全国各地新华书店
印　　刷：北京旺鹏印刷有限公司
本书如有破损、缺页、装订错误，请与本社联系调换

开　本：710×1000　　　1/16
字　数：200 千字　　　　　印　张：14
版　次：2018 年 7 月第 1 版　印　次：2018 年 7 月第 1 次印刷
书　号：ISBN 978 - 7 - 5168 - 1791 - 9

定　价：49.00 元

前 言
Preface

生活的绚烂和多姿，是时代赐予我们的福分，咱们应该学习享用。

我，一个从事过十年青年工作又干了十年旅游工作的"老顽童"，喜好关注人世间层出不穷的新事物，愿在日新月异的美好生活中用激情点燃每一段岁月。快乐地学习、努力地工作，并参与或组织许多新鲜而有价值的活动，体味生活之时尚、旅游之愉悦、研学之充实、冒险之刺激、养生之康乐。

2013年去台湾考察，在诚品书店看到一块写着"世界在读什么"的牌子，当时就萌发了撰写"世界在玩什么"文章的想法，把自己略有所知的中外前卫有益的活动和项目介绍给大家。从2015年1月开始，我坚持每周写一篇这方面文章，总共写了100篇。今天承蒙台海出版社厚爱，结集出版《这个世界要这么玩》一书，相信会让更多的人获取旅行、养生、艺术、冒险、时尚诸方面最新资讯和知识，期盼能给读者带来快乐体验和收获，这对我来说也算是一件有意义的事。

张纯洁

2018 年 5 月 29 日

目 录
Contents

目 录
Contents

002

目 录
Contents

目 录
Contents

"串门"旅游

　　"串门"旅游，又称"交换游"。这一比较前卫的旅游形式和换房旅游有些相似，但不完全一样。"串门"旅游最初是在校大学生在豆瓣网、百度贴吧等网站上掀起的一股风潮。主要是利用互联网的人脉关系结交朋友，以此展开人与人的互动和"交换"，实现各自到对方居住地"串门"并旅游，在对方的接待和帮助下，达到省心、省钱的旅游目的。

　　现在，"串门"旅游（交换游）的方式正在中国迅速蹿红。有人说它改变了旅游只是去消费和人访风景的单纯模式，注入了人帮人的互动元素，使得旅游更有人情味和体验感。它在挑战随团旅游和自助游方式，正在网友圈子里渐成气候。人们预测有更多的人会加入这种交换旅游行列，甚至会出现"全国大串门"热潮。

　　"串门"旅游，不只是利用互联网的人脉关系达到旅游目的，更重要的是选择这种旅游方式还可以广交朋友，在陌生的地方结识了朋友可以当导游，相助解决旅途中遇到的困难和问题。若有条件可以免费住到对方家里，享受到居家的温馨。将来对方来"串门"旅游，也可以享受同样的待遇。

　　毋庸置疑，"串门"旅游也存在一些问题和隐患。由于网络上人员比较复杂，在使用这种方式出游的时候要慎而又慎，前期的沟通非常重要。尤其住到对方家里，双方都可能有一些风险，应尽量避免。当然，既然选择了"串门"旅游，愿意彼此交换，最重要的还是互相信任，毕竟结交朋友是"串门"旅游（交换游）的重要内容。

穿戴"智能"的旅行

　　在这个智能化时代，高科技产品不断进入社会的各个领域，旅行智能化水平也在高速提升，特别是穿戴式智能设备给人们的旅行提供了现代化的时尚服务，极大地提高了旅行的品质。由于市场需求的迅速扩大，为旅行服务的穿戴式设备日益受到厂家的重视，各种适用于旅行的穿戴式智能设备如雨后春笋般地问世。可以说，穿戴式智能旅行时代已经到来。

　　可穿戴式智能设备这一概念，早在 20 世纪 50 年代已经出现。那时候的科学家们就开始想象怎样把科技"穿"到身上去，包括旅行过程中的智能装备。当科学技术与互联网发展到今天，这一理想就变成了现实。目前，市场上比较成熟的适用于旅行的穿戴式设备较多，下面介绍几种主要的产品：

　　1. 智能手套。包括手套式手机和计程手套。手套式手机的创意在于旅途中不需要经常地掏出手机打电话，可以在行走时用套在手上的手机拨打或接听，使用起来就十分方便。手套式手机除了方便，看起来也很酷。智能化的计程手套可以在旅行途中用它探测前方障碍物距离，并为旅行者精准地计算出到达前方障碍物（目的地）所需的时间。

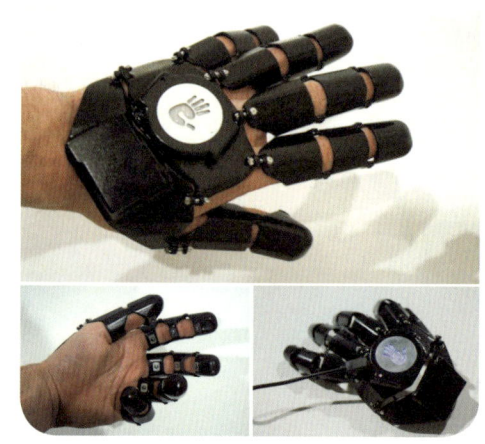

2. 音乐服装。旅行者穿上这种服装，只要按不同的部位，就可以欣赏到不同的音乐。比如，市场上有一款鼓点 T 恤，内置了鼓点控制器，使用者敲击不同的部位，T 恤便会发出不同的鼓音，深受爱好音乐的旅行者青睐。

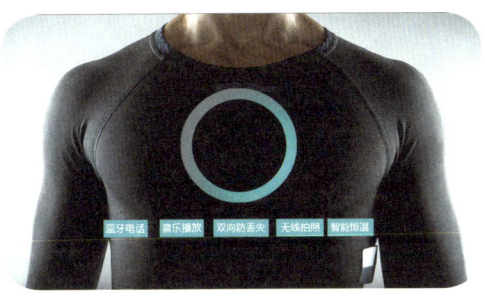

3. 智能鞋。这是谷歌公司研发的一种潮鞋，可以监测使用者的使用情况，还能够通过鞋内的扬声器将传感器接收到的使用信息以各种风格的语评播放出来。语评幽默风趣，可以增加旅途的乐趣。

4. 智慧配饰。这类产品既可以为旅行者出门旅行时起到配饰作用，又能够在旅行途中起到智能化服务作用。如戴上一枚智慧挂坠或胸针，由于搭载了新的传感器，就能够实现无线Wifi、计步器等用途。有的旅行者戴上了智慧戒指，因为嵌入了 NFC、蓝牙等

模块，实现与手机等设备的互连，可以在途中实现门锁、移动支付等功能。

有的人佩戴了具有手机智能的怀表，能够打电话、发短信、访问网络。

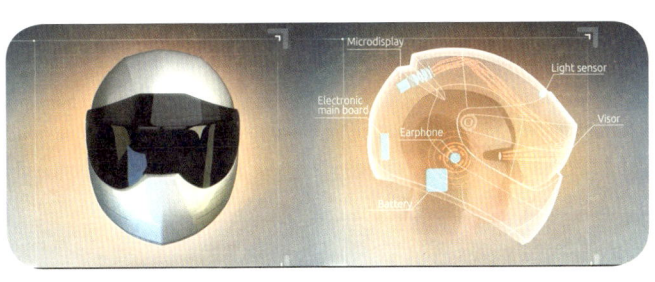

5. 头盔显示器。这种头盔显示

器，其实是头戴式的 3D 显示器。它用了 OLED 显示技术，旅途中休息的时候戴上它，可以享受到高清影院的震撼，在旅行中也能找到居家影院的视听效果。

上面介绍的只是旅行穿戴式智能设备的冰山一角，随着生活中颠覆性技术的不断到来，用于旅行的穿戴式智能设备必然会在不久的将来成为我们旅行中密不可分的一部分，广大旅行者未来可以借助穿戴式智能设备，体验更加精彩的旅途生活。

博物馆之旅

　　不少人喜欢去博物馆游览，将其视为获取知识的途径，从中领略博览的乐趣，提高自身素养。是的，到博物馆游览也许只是几个小时，但它却让你领略了几千年的文化。

　　无论去国外还是在国内，都有游览博物馆的机会。因为，每个国家的城市，几乎都有大大小小的博物馆，所展示的内容必定是一个国家一个地方最精华的历史、科学、艺术、风俗等。

　　如果你正在选择要去的博物馆，不妨向你提一些我们的建议：英国有数千座免费博物馆供人游览，你无需花一分钱就能够满足愿望。伦敦就是因为博物馆和美术馆众多，才被誉为世界文化之都。像以观看恐龙展和著名的蓝鲸闻名的 Natural History Museum，以观看阿兹特克艺术和埃及木乃伊而引人入胜的 British Museum 等都是不错的选择。伦敦还有许多小型博物馆供人免费参观，这些小型博物馆虽然只是突出某个主题，

但却绝妙至极。

俄罗斯的圣彼得堡，拥有50多座博物馆，也是闻名世界的博物馆之城，是博物馆爱好者值得去的地方。艾尔米塔什博物馆系涅瓦河旁最有名的博物馆，由俄国女皇叶卡捷琳娜二世于1764年创建，占地9万平方米。馆藏的历史文物与艺术品约270多万件，如果看完这么多藏品，要花费27年的时间。达·芬奇的《圣母像》、拉斐尔的《圣家族》、伦勃朗的《浪子回头》等撼世画作和米开朗基罗的雕塑《蜷缩成一团的小男孩》都收藏在这里。圣彼得堡历来倡导市民参观博物馆，可以说一代代圣彼得堡人是参观博物馆长大的，他们身上就有那么一种从博物馆文化衍生出来的高贵气质。

如果你想在国内看博物馆，北京、西安、南京、上海、武汉、郑州等城市都是值得去的。

参观博物馆，应安排比较充裕的时间，让自己静下心来，在观赏和思索中寻找乐趣。若有条件，最好跟随讲解员游览，必定受益匪浅、启发良多。

唱"享"旅途

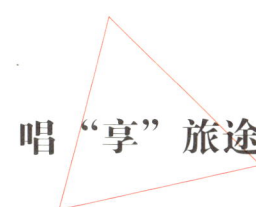

　　旅途生活总有些非凡的体验，而获得途中的愉悦则是大家所期待的。比如，一班人在旅行的途中，找个风景好的地方，有组织地放声歌唱，享受歌声伴随旅行的快乐，这就是眼下十分时髦的事情。

　　过去，大家在一起练练歌，或者说搞个小型的草根演唱会，一般都在室内进行。而三五成群在旅行途中，组织集体唱歌，也算是近些年人们的创造。现在经常在一些旅游景区或者旅行途中的某些场合，会遇见小团体在那里自

娱自乐，用歌声装点旅途生活，满足大伙对歌唱艺术的热爱，体验旅行途中大家一起唱歌的不一样感受和乐趣。

唱"享"旅途，从艺术的角度说，可以有不同的具体形式。清唱自然是最简单的形式，旅行途中不需要携带任何的乐器和设备。如果想搞得有动静一些，就看人们自己的爱好，像带上吉他、小提琴、笛子、口琴、手风琴、电子琴、二胡、手鼓等相对比较轻巧的乐器进行伴奏。当然，也可以郑重其事地进行专门布置，用钢琴等"笨重"的乐器，甚至乐队为途中的歌唱伴奏。在唱法方面，有通俗、民族、美声，也包括京剧、越剧和其他地方剧种。至于唱歌的水平是否专业，倒不是很重要，高兴就好。

除了旅行中的人们喜欢这样的形式享受旅途快乐外，旅游景区的推崇和网络视频的作用，也是唱"享"旅途成为时尚的重要因素。在激烈的市场竞争中，景区需要提高知名度，人们在景区搞小团体的演唱，可以起到一定的推介和营销作用。特别是有人把景区演唱现场录成视频在网络上播放，使得宣传的效果叠加。最近比较热门的"诗画旅途"公众号联合旅行社和音乐团体推出的唱"享"旅途系列活动，受到了社会的极大关注，并吸引了许多的音乐团体和人们参与，足见这种形式正走向成熟。

"一晚游"风潮来袭

在中国成都等一些城市，近几年流行着一股风潮，许多人下班后不是回家，而是结伴跑到郊区的某个古镇、古村、古堡，或者其他可玩的地方，掌灯时分先吃顿农家乐，接着伴随夜幕降临，或游景点或看表演或逛古街或找个乡间茶楼消磨一段夜色下的醉美时光。等到夜深时，大伙才倦鸟归巢，返回市区的家中。这种下班先去玩的潮流在周五晚上最为火爆，次日不用上班，可以好好休息。

下班先去玩，结伴而去的一般是单位工友、同个办公室的同事，还有就是几个至好朋友、恋人等。平时上班繁忙，工作压力大，下班后大家都想找个地儿释放一下压力，交流一下感情，体验一下"一晚游"的滋味，这也算一项都市人的创新玩法。他们不愿走进平时消费惯了的都市餐饮店、咖啡吧等场所，也不想下班后即刻回到家里，而是要离开熟悉的城市环境，走出都市，走向郊区。那些颇有历史风韵的古镇、那些极具风情的村落、那些十分神秘的城堡，让"一晚游"的人倍感新奇、新鲜，加上夜色特有的韵味，确实能够使人荡漾起夜色下的激情。

对于中国的城市而言，几乎周边都会有些值得探访和游览的古镇、古村、古堡，它们承载了厚重的历史和文化，它们展示着各具特色的地方建

筑风格，它们延续着传统
的民俗风情，这些便是吸
引"一晚游"客人的重要
资源和理由。成都周边就
有平乐古镇、安仁古镇等。
像平乐古镇的古街、古寺、
古桥、古堰、古坊、古树、
古屋，既古朴又充满灵气。
走在白沫江边，空气清新，

那个"私奔码头"有着浓浓的传奇色彩，那座"乐善桥"可谓石拱桥之瑰宝，
那家"路上书吧"很是清雅小资。温州市郊的永昌堡，同样吸引着许多"一晚游"
的客人。古堡为明代抗倭寨堡，城墙完整，雄伟壮观。堡内民居栉比，水系发达，
商铺井然。月色下古道散步、古宅品茶、古城观赏，尽享江南古堡的旷世韵味。
当然，"一晚游"不一定都得去古镇古村古堡，具有休闲价值的旅游地都是
夜晚旅游休闲的好去处。

  "一晚游"在组织形式上主要分旅行社组织和自驾游两种。旅行社组织
的"一晚游"是在下午下班后固定的时间和地点招收游客，统一安排交通工
具将游客送达目的地，等大家游览完毕，统一把游客送回出发地，并收取一
定的费用。自驾游就是结伴去的人，自己安排车辆往返。目前，"一晚游"
的市场正在扩展，作为城郊的古镇古村古堡或其他适合"一晚游"的旅游目
的地，应该加强配套设施建设，提高服务品质，尤其要确保游客的安全。

出游，为了即将消失的景物

　　我们生活的世界里，有不少奇妙景色慢慢地离我们远去，甚至很快消失，这是大家都不愿意见到的。然而，事实却难以回避。

　　被情侣们誉为梦幻天堂的马尔代夫，可能在不远的未来被大海吞没；"上帝恩赐"的泰国兰达岛是潜水者的乐园，或许会在某一天沉进海洋；有着"活的博物馆"之称的特立尼达，是欧洲殖民者征服美洲大陆的桥头堡，因位于飓风经常袭击的路径上而使得建筑原貌不断消失；大部分海域被冰层覆盖的北冰洋，有着其他地方难以拥有的旅游乐趣，可估计再过 20 年左右，因温度升高，这里的夏天就看不到冰川了；澳大利亚达尔文的卡卡杜湿地是以原生态美景为特色的湿地，是世界上为数不多的同时被列为世界文化遗产和世界自然遗产的地方之一，但由于海水入侵慢慢变成了咸泥地；非洲中部的乍得湖处于乍得、尼日利亚、喀麦隆和尼日尔四国交界的地方，风光旖旎，但如此美湖却在过去的 40 年间因为干旱而缩减了相当大的一部分，将来消失的危险正在加大……这些神奇而珍贵的旅游资源——岛

屿、河流、山川、古迹，也许就在世界的某个地方要和我们说声再见了，这是多么令人沮丧和遗憾的事！

对于追求旅行完美的人来说，他们在担心景物消失的同时，更加期待在景物消失之前能够看上一眼。于是，在世界各地一种以追赶时间去看那些可能消失的景物的旅游活动渐渐兴起。全球有类似"消失现象"的地方，也为此加大了"消失前赶紧来旅游"的营销推介力度，进一步推动了这一旅游业态的升温。需要给广大游客提个醒的是，虽然有不少的景物未来会消失，但并不是都这么严重。特别要反对非"消失现象"景区景点的虚假宣传，包括添醋加油特意把消失程度说得异常严重，借此非正当手段招徕游客，造成旅游市场的混乱。

应该说，为了那些即将消失的景物去旅游，不失为一种值得倡导的旅游行为。让旅游者在即将消失的景物面前，受到一次教育与启发，提醒人们应该自觉改变生活理念和生活方式，共同应对和阻止景物的消失，加快生态环境保护的步伐。但是，对于那些生态脆弱的地方，如果不加限制地让这种旅游无序扩展，就会加剧景区景点的消亡，对此我们必须警醒，不可图一时痛快而造成不可弥补的损失。

慈善旅行

　　社会进步和公共道德的升华，使得许多人的旅行不纯粹是为了观赏风景，而是选择了"慈善＋旅行"的方式。他们在爱心的牵引下，关注不同旅行目的地的那些需要援助的目标，以旅行的方式去完成自己的善举和心愿，为社会和需要帮助的人献出爱心，也使自己善良的心灵得到慰藉，同时收获一次旅行的快乐。

　　我们可以把"慈善＋旅行"这样的行动，称之为慈善旅行，或者叫援助旅行。这种由旅行者（施善者）确定的旅行途中自愿奉献爱心与援助的行为，是社会慈善事业的一部分，体现了旅行者扶弱济贫的社会责任，让心在慈善旅行的途中发现更多的美。至于去什么地方参加哪些具体的慈善旅行活动，像慈善活动的对象、范围、标准、项目等，则由旅行者（施善者）自愿选定。

　　慈善旅行在世界各地比较流行。大多通过非政府组织为了某一项慈善事业而发起动员旅行者参与，让大家得到因为慈善和援助活动而超越一般旅行的新鲜体验，从中感受生活的乐趣和内心的满足。不少人走出家门，到那些贫穷或因为战争、自然灾害带来诸多困难的地方旅行，并开展各种援助活动，包括扶贫济困、医疗救助、安抚难民等，在援助中进行具体的旅行体验，在慈善行动中真切体味另一种旅行的意义。中国不少社会团体也组织了旅行者跨国慈善旅行，参与了国际性的一些援助活动。关于国内的慈善旅行，可谓方兴未艾。在云南、青海、四川的一些边远地区，不时可以看到慈善旅行的人们，他们一边旅行，一边为贫困的家庭送温暖，给具体需要帮助的对象进行针对性的帮扶。一些有一技之长的旅行者，比如医生、教师、科技工作者、实业家等，利用自己的专长通过旅行的方式抵达目的地，为当地需要帮助的人和家庭甚至村落，开展专业性的援助。有的会连续不断地去某个地方进行多次慈善旅行，有的干脆在一个地方停留下来做一段时间的志愿者。

慈善旅行的另一种形式与意义，在于参与者不仅体验旅行生活，而且还重点关注自己的旅行对当地造成的经济、社会、环境和文化影响。尽可能通过自己的旅行并影响同行的人们，一路上共同为当地经济发展和社会进步践行善举，为保护生态环境寻求自我行为的社会价值。

从慈善旅行特点分析，参与者以 20 岁至 35 岁年龄的人为主，但也不乏年长者。他们大部分来自中高等收入人群，特别是那些与教育和社会工作有关的自由职业者。

由于慈善旅行去的地方大多偏僻落后，参与者要做好艰苦旅行的心理准备。同时，出发前应对援助地和援助对象有足够的了解，力求慈善旅行能够顺利，尤其要避免发生伤害对方自尊心的情况。

反季玩海滩

　　每到冬季，人们开始寻找反季旅游目的地。那些热带海岛特别是拥有美丽沙滩的地方，成为越来越多人的喜爱。因为这些地方可以躲开寒冷的日子，踩着细软的沙滩，远眺一望无际的碧海蓝天，简直是到了一个滋养身心的世外桃源。

　　由于近几年冬日反季节旅游的人渐渐多起来，为了避开传统热带岛屿人山人海的境况，一些人开始把以下美而僻静的海滩作为反季游目的地：

　　意大利撒丁岛有最美的海滩，置于美丽的自然海湾之中。周边散落的几颗大石，据说可以追溯到腓尼基人的远古文明。这里海面波浪非常适合冲浪，偶尔海豚和火烈鸟的出现会让你倍感幸运。如果到岛的南端，在嘉拉古纳乡村酒店享用私人海滩、高尔夫球场、豪华泳池和品尝撒丁岛风味佳肴，那将是一次难忘的反季旅游。

　　西班牙的梅诺卡岛，是地中海西岸巴利阿里群岛的第二大岛。有意思的是，这岛不像邻近的伊比沙岛那么狂野和热闹，而是无人打扰的宁静放松之地。这里的蓬塔普里马海滩景色诱人，大海美丽壮观。

近处有配置健身中心、SPA 中心的酒店；开放式的厨房，让游客自己动手烹饪。这种自在的滨海生活，适合冬日里一家人去反季旅游。

圣马丁岛位于加勒比海东北部，面积不大，却分属于荷兰和法国两个国家。其中北部为法属海外行政区域，格兰德凯斯是这里的一个美丽小渔村，宁静优美的海湾拥有许多"村里餐馆"，提供给游客地道的美食。有名的格兰德凯斯海滩俱乐部，给游客带来高贵服务，两个私人海滩不用担心拥挤，可以轻松享受游泳、浮潜等户外运动。沙滩烧烤区，吃货们绝对不可错过。

有着细软白沙的泰国西海岸安达曼海的阁兰达岛沙滩，仿佛是隐匿于地角天涯的一处天堂。这里游客不多，却能够在宁静的沙滩上观赏火红的晚霞，在宽阔的天地间直视日落的瞬间，在一片安详中放松自己的身心。沙滩周围有泰式小渔村、红树林公园等，有兴趣可以租一辆摩托车环岛骑行，一路欣赏天然的热带风光和海岛风情。

上述介绍的岛屿海滩，只是冬日反季节旅游相对比较清静的地方，类似的美丽海滩全球还有许多，大家可以到相关的旅游机构和网上查询，争取在寒冷的冬季享受暖意。

除此之外，还有另一种反季旅游去玩海滩，它是在夏天的时候。为了避暑，可以去气候比较凉爽的海岛海滩旅游度假，在海风轻拂下感受无限的凉意。

逛巷子的滋味

　　巷子大家都不陌生，但真正懂得逛巷子的个中味道却有一番讲究。现在有越来越多的人专门抽出时间去逛巷子，有滋有味地欣赏着巷子里的岁月痕迹和万种风情。

　　既然越来越多的人把逛巷子作为一件喜欢的事情，那么如何才算是比较地道的逛法呢？主要是欣赏古建遗址、寻访故事传说、了解民俗文化、品尝地方美食。

　　逛巷子，首选的应该是那些具有明显建筑特色，或者是古迹颇多的巷子。凡世界上有点名气的巷子，几乎都是建筑特色较为明显的地方。比如，韩国首尔北村的巷子，呈现给游客的是极具代表性的韩国传统房屋，简称韩屋。那颇有章法的斜度屋顶、特色鲜明的双屋檐和引人注目的圆梁，展示了韩国传统建筑的结构美。特别是每户人家的门庭和外墙，既富有个性，又蕴含了

当地建筑的共性文化，反映出高密度民房集群环境下隐秘性住宅的奇特景象，产生一种特有的建筑美感。对于逛巷子爱好者，到了这样的地方，就要学会欣赏甚至享受建筑美的大餐。有人说，如果要留住那些美好的事物，最好的办法就是摄影。所以，凡到建筑景观好的巷子里去逛，必须带上相机，留下值得保存和回忆的美图。

有的巷子里面古迹颇多，它们除了外观上值得我们鉴赏和探究外，还会拥有故事和传说。因此，寻访故事传说，就成了逛巷子的题中之意。如走在捷克共和国首都布拉格的小巷里，用石块铺成的道路，两边古老的房子，传统的煤气灯，至今保持着中世纪风格。布拉格的巷子都有它的故事和传说，徜徉其中，仿佛在聆听一个又一个古老而有意思的故事。那条被称之为"黄

金小径"的小小巷子里，居住过欧洲著名的表现主义作家卡夫卡。走过这条巷子，就知晓了世界著名的短篇小说《地洞》《变形记》和长篇小说《美国》《诉讼》的作者卡夫卡的许多故事，以及欧洲曾经掀起的"卡夫卡热"的历史文化现象。所以，寻访故事传说也是逛巷子的一大乐事。如果在有故事的巷子里，能够找家旅店住上一二天，用足够的时间寻访所在巷子的民间故事和传说，由此而带给你"巷子里的思考和遐想"，这就使得逛巷子行动拥有了文化的充实和满足。

　　不同的地方总有与众不同的民俗风情，它们也一定会在百姓生活的巷子里展现。逛巷子时留意民俗文化，或许就会有意想不到的知识收获，千万不能错过。

　　当然，到不同巷子里去品尝美食，也是惬意无比的事情。经常逛巷子的人，就有机会吃千巷菜，品百味香。

行摄雾凇的发烧友

冬日里，国人出行喜欢玩两个极端，要么去"暖极"海南，要么去"冷极"东北。而跑"冷极"的人中间有不少摄影爱好者，他们专门跑去东北找有雾凇的地方，在极其寒冷的户外，用镜头记录洁白晶莹、霜花成排的雾凇美景。

雾凇，俗称树挂，是一种类似霜降的自然现象。它不是冰，也非雪，而是挂在树枝上的霜，因雾中无数零摄氏度以下而尚未结冰的雾滴随风在树枝上不断积聚冻粘的结果。雾凇现象在中国北方很普遍，但比较有名的是吉林雾凇，它与桂林山水、云南石林、长江三峡同称为中国四大自然奇观。

观赏雾凇是冬天 11 月至次年 2 月，而一天中看雾凇尤其是拍照的最佳时间为早上，在太阳出来前可以看到

由暗至明的雾凇景观，随着太阳慢慢升起，还可以拍到那红色的朝霞洒在白色雾凇上的画面。伊春库尔滨河流域、丹东鸭绿江沿岸、吉林市雾凇岛等地方都是观赏和拍摄雾凇的理想

之地。比如，距吉林市 35 公里的雾凇岛，它位于松花江下游，是自然形成的一个岛屿。因地势较低，又有江水环抱，不冻的江水腾起雾气，遇到寒冷的空气就在树上凝结为霜花，由此形成了全岛大面积的雾凇景观，成为摄影发烧友基地。这里的松柳凝霜挂雪，每一棵树都似一朵白云飘浮在空中。把岛上的树连起来看，就像排排雪浪，颇为壮观，犹如仙境般美丽。

　　拍摄雾凇从专业的角度讲，颇有些讲究，摄影师给出了以下建议：拍摄雾凇是在极寒气候下进行，首先要做好身体保暖，应备厚薄两副手套，没有拍摄时带上厚手套，拍摄操作时带上薄手套，防止因寒冷影响拍摄。其次是低温下相机电池耐用下降，需配备新电池多块，备用电池宜放在贴身衣袋保暖；三脚架云台宜选用机械式，液压式云台易冻无法操作；室内外温差大，外拍结束不宜在室内打开摄影包，防止器材起雾、结霜。再次应多一条备用快门线，连接线接头处用胶带包扎，极寒天气下连接线易硬化折断。

看素颜风光

　　历史的年轮不断向前，人类所追求的生活方式也不停地发生变化。经历过很长时间对于刻意打造的风光景物的热衷后，许多人开始把原始自然的风光风情作为旅行的目标。于是，看素颜风光渐渐成为一种风尚。

　　看素颜风光，就是去看那种没有人为痕迹的风光景致，以及当地所拥有的原汁原味的民俗风情。这里边蕴含返璞归真的意味，表现出一种敬重生态自然环境和探访原味人文景观的生活态度，也反映了"大团队玩大牌景点"旅行模式正在逐渐弱化，以 A 级旅游景区为代表的"人为景物"并不是人们看风景的唯一选择。特别是自主游和量身定制为特征的业态兴起，更促使看素颜风光群体的扩大。

　　当下，看素颜风光比较热门的地方大致有以下几类：

　　1. 生活地周遭寂寂无闻的古镇旧村。过去只在乎那些名声大噪的景区景点，特别是榜上有名的 A 级旅游景区。它们经过专门的投资建设，拥有标准化的接待服务设施，还有着专门的管理服务机构，人们习惯于到这些地方去旅行。而对于自己

生活的地方旁边那些默默无闻的古镇或旧村，往往想不到它们才是看"自然美"最好的游览目标。但是，事物总是在变化之中，当人们看多了"人造景物"后，开始有人把目光聚焦到了天生丽质的风光景物上，所以生活地周遭的古镇旧村便成了看素颜风光的首选地。

2.旅游板块内未开发区域。中外许多知名旅游板块，是因为其中某些开发成熟的知名景区景点而招徕了众多游客。可是，在这些旅游板块中，必然

还有未曾开发的原生态地方，现在这些地方开始受人关注。不少人放弃看现成景区，而是偏偏跑去素颜一片的未开发地进行深度探访。他们喜欢没有加工过的风土人情，希望获取一份最纯粹的"美丽相遇"。比如，在我国云南这个中外闻名的旅游板块中，就有许多地方是未曾开发的处女地。像保山市有旅游产业红火的腾冲，可在它的边上还有施甸——一个几乎没有开发过旅游业的县域。地处云南西部边陲、怒江东岸的施甸，能够看到没有被动过手脚的真山真水真风情。这里汇集了20多个少数民族，可谓风情独具。七星河温泉、芭蕉林村小中山自然村"石头寨"、由旺古街等，都称得上一流的素颜风光。类似于施甸这样湮没于知名旅游地之间的地方，对那些喜欢看素颜风光者来说是正中下怀。

3.人迹罕至的边远地区。由于这些地方相对比较偏僻荒凉，一般很少有人去，所以就没有相应的景区建设，基本都是原始状态。荒凉的戈壁、广袤的草原、无人居住的海岛等，都是看素颜风光的好去处。

看最美日出日落

　　日出或日落，都是大自然美丽的风景，令无数文人墨客陶醉沉吟。宋朝赵匡胤《咏初日》有诗云：

　　　　太阳初出光赫赫，

　　　　千山万山如火发。

　　　　一轮顷刻上天衢，

　　　　逐退群星与残月。

　　法国作家大仲马描写落日，写道："太阳的余晖停止在山顶上，在那儿逗留了一会儿，把山顶染成火红色，像一座火山的峰顶。然后，阴影渐渐地吞没了山顶……"

　　日出和日落的壮观和神奇，不仅给了文人创作的灵感，也唤醒生活中的人们许多见景生情的人生感悟，以及对日出和日落的依恋。现在，有不少人专门去世界各地看日出或是日落，他们想把世界上最美的日出或日落看个够。

　　看日出只要天气条件好，几乎每天都可以看。观赏日出的地方就在你的身边，也可以去远方，那海上日

出、湖上日出、
江上日出、草
原日出、山岳
日出、乡村日
出……都会给
我们不同的美
感享受。但是，
部分人出于对
事物完美的追

求和向往，往往他们会特意跑到知名的日出观赏地，去享受一次视觉大餐。
目前，世界比较有名的日出观赏地主要是：中国黄山看日出，感受旭日和宇
宙融成一体，在光的照耀下一座名山慢慢苏醒的过程；柬埔寨吴哥窟看日出，
驻足沧桑十足的吴哥遗址前，等待墨蓝的天体中一轮红日喷薄而出，刹那间
大自然鲜活的力量和遥远的人文遗产交相辉映，定能震撼在场每个人的心魄；
在希腊圣托里尼，观赏到的是蓝色天幕与大海共同的背景下，镶嵌在岛中的
白色建筑群和从爱琴海上升起的太阳相拥的壮美日出景象；墨西哥图卢姆，
让无数太阳的崇拜者每天聚在海边观看日出，在晨曦中感知十四世纪玛雅文
化和海洋文明的精彩意蕴。

　　和冉冉升起的日出相比，看日落也许会让人有些伤感。但世界上还是有
许多人热衷于去看日落，或者说看落日。法国摄影师朱利安·格隆丁用了3
年时间走遍世界去记录各地"落日瞬间"的美景，在冰岛、克罗地亚、意大
利罗马、法国普罗旺斯和巴黎、美国亚利桑那州马蹄湾，都拍摄下十分精彩
的落日画面。眼下，全球观日落比较热门的地方有南非开普敦、印度泰姬陵、
埃及大金字塔、印尼巴厘岛海神庙、坦桑尼亚塞伦盖蒂、新加坡圣淘沙等。

　　落日的伤感，带着丰富的人生哲理。当夕阳万道金色霞光浸染了眼前的
半边天际，我们必定羡慕它一片金色的荣耀。当落日坠入无边的海洋或是巍
峨的群山时，我们不禁为它的那种淡定而感动。当观看过完整的落日景象后，
我们是否就会预知明天太阳的重新升起，于是，日落即为日出。这种大自然
的法则，正是我们生活的期待与梦想！

康体旅游

　　康体旅游，20 世纪 90 年代中期开始兴起。一般来说，运动、营养、休闲、减压、呵护是康体型旅游的基本特征和内容。通过康体旅游，可以达到调节身体机能及松弛神经的目的，提高人们的生活品质，增强体魄，延年益寿。

　　有资料介绍，目前无论是客源还是产业规模，欧洲属于康体旅游最发达的地区，其中德国是最大的客源市场，奥地利是最佳目的地，紧随其后的有东欧几个新兴国家。在北美洲，加拿大的康体旅游最发达。此外，康体旅游在世界其他地区还属新兴产业。我国的康体旅游目前在发展当中，但市场需求逐渐扩大，发展趋势十分好。

　　康体旅游有很多种，下面介绍两种大众化的形式：

　　1. 生态有氧旅游

　　我们生活的环境中，空气、水等在一些地方受到不同程度的污染，人们向往能够到一个生态环境良好的地方去生活几天。于是，生态有氧旅游倍受欢迎。

所谓生态有氧旅游，是游客去生态环境比较好的地方，使人体在氧气充分供应的情况下进行游览和休闲活动。比如，我们来到森林覆盖率高的天然氧吧或地理环境优势明显的公园、湿地，参加步行、骑自行车、打太极拳、做韵律操等有氧活动，提高机体抵抗力，增强大脑皮层的工作效率和心肺功能。实践表明，生态有氧旅游无论对体力劳动者还是脑力劳动者都是不错的选择。

2. 矿泉浸泡旅游

矿泉浸泡旅游，主要是利用矿泉资源，以旅游的形式去有健身功效的矿泉浸泡，达到养生的目的。这些年，市场上水疗度假非常受青睐，足见这方面的市场潜力巨大。

2002 年以来，亚太地区水疗设施增加了 129%。2004 年，泰国首开亚洲先河，针对康体水疗等养生服务，制定了"安全、卫生、优质"的指导方针和标准。自 2003 年起，中国各地纷纷把矿泉资源与旅游开发相结合，大力发展矿泉浸泡产业，成了旅游新业态中的一朵奇葩。

事实上，矿泉浸泡旅游和我们平时说的"泡温泉"还是有一定区别的。矿泉浸泡要通过亲身浸泡矿泉水而得到一种特有的享受，并不是在一般的温泉里泡一下就可以。矿泉浸泡要有针对性，讲究矿泉水体成分和加入辅助性药料等对疾病治疗和康体目标的针对性作用。

乐活族的有机旅行

当今世界乐活族队伍日益壮大。他们"健康及自给自足的形态"过生活的理念，对于整个社会生活的影响不断加深。乐活族是 20 世纪 90 年代中期出现在西方的新兴生活形态族群，比较强调健康和可持续的生活方式。随后这种生活态度和方式成长快速，被全球许多人所接纳和效仿。

乐活族生活的原则：坚持自然的轻慢运动、选择有机食品和健康蔬食（素食）、节约能源并减少垃圾的产生、注重自我和终身学习、关怀他人并分享乐活、亲近自然和选择有机旅行等。其中选择有机旅行，对于大众旅行理念的提升意义颇大，在业界渐渐产生"标杆"作用。

所谓有机旅行，就是以环保方式进行的旅行。人们在旅途中注重生态环境保护，不去破坏自然环境和人文环境，注意保护设施，足见乐活族他们对旅行生活的态度和理解具有独到之处。崇尚有机旅行，成为乐活族生活中的一种追求。

乐活族在践行有机旅行的过程中，有着具体的方式和要求。在交通出行方面，会尽量地搭乘大众交通工具。到旅游目的地后多徒步、

骑车，只出汗不费油不排废气。他们认为旅行过程中，造成二氧化碳排放最多的环节便是交通，合理安排自己的旅行线路，尽量采用最短的行程距离和最环保的交通方式是乐活族应该坚持的原则。在饮食方面，尽可能食用当地的有机食物。在住宿方面，选择环保型酒店。除了酒店本身建筑设计和管理上的环保外，希望入住的酒店尽可能地为游客提供生态环保方面的参与体验和生活启发。比如，通常能够利用太阳能、风能等可再生能源，使用节水型龙头、马桶等。在个人旅行用品携带方面，旅行服装尽量选择全棉或全毛质地的布料，自带环保餐具、牙膏、牙刷等。甚至选择太阳能背包，包上的太阳能板可通过吸收转化太阳能给随身携带的电子产品充电，达到节能目的。随身带的印刷品等尽量做到循环使用，不造成浪费。在购物方面，主张购买手工做的商品。

　　乐活族的有机旅游，正推动相关旅行业态的发展。一是推动对环境影响最小的旅行方式——徒步旅行在全球的兴起。全球徒步旅行者不断增加，随之为徒步旅行服务的设施在世界各地也日趋完善。以瑞士为例，共有68000公里的徒步旅行路线，特别是著名的"阿尔卑斯之路"徒步旅行线路令旅行者如同行走在画中。二是自行车旅行越发流行。德国、法国、芬兰、荷兰等许多国家，不仅开辟专门的自行车道路，还有许多自行车租赁站为有机旅行者服务。三是帆船这类借助风力、零二氧化碳排放的旅行活动更加受到欢迎。由于帆船旅行不仅环保，而且浪漫、刺激，颇受有机旅行者的重视。四是露营活动较符合有机旅行的思想主张，这项活动在世界各地蓬勃发展。

历久弥新的"酒游"

历史上酒文化与游历活动一直关系密切。酿酒和饮酒形成的特定文化形态和精神内涵，关联着游历活动的饯行祝福、以酒会友、斗酒取乐、饮酒壮行、旅途感悟等诸多行为和意境。

唐代浪漫主义诗人李白的诗作中，有不少是描写游历山水的，并且与酒有关，所以被后人称为诗仙和酒仙。诗人被贬江南，在游历途中吟唱出"人生得意须尽欢，莫使金樽空对月，天生我材必有用，千金散尽还复来"的千古绝唱，这就是酒文化与游历活动难解难分的真实写照。

其实，全世界都有酒文化和旅游休闲业融合发展的事例。德国的吕德斯海姆小城，建在迷人的莱茵河畔，是德国十大最受欢迎的景点之一。游者

络绎不绝地来到这里，为的是观赏莱茵河两岸缓缓的山坡上极具层次感的葡萄园，更是来品尝原产地的雷司令葡萄酒。吕德斯海姆很早就种植雷司令葡萄，当地酿制的雷司令葡萄酒具

有浓郁、独特的果香和花卉香气，令世界各地的旅游者慕名而来，希望能够在小城的某一个酒馆，现时品尝一下雷司令葡萄酒，获取品酒和旅游结合的难得乐趣。

现在全球因酒而派生出的旅游休闲活动日趋频繁。无数旅游者出国旅游的行程中会有参观葡萄酒庄的安排，旅行社也不遗余力地推广相关"酒游"的产品线路。为数不少的葡萄酒庄面向游客开放，它们大多有一定的历史背景和特殊的文化、建筑、管理理念，特别是酒庄现场游览参观、专业的葡萄酒品鉴知识和葡萄酒文化背景介绍，为人们提供了高雅并具文化性的时尚游玩机会。国际上的一些媒体也在为"酒游"活动推波助澜，像美国有线电视新闻网评选出 15 条全球最值得游览的葡萄酒之路，整合了全球考察葡萄酒文化的线路，激发旅游者前往消费的热情。美国、英国、法国、韩国等国家，一家人去酒庄游玩成为一种时尚，"酒游"活动在全球进一步火热。

国内同样有许多关于"酒 + 旅游"的活动。早在 2012 年，郎酒集团就推出"游郎酒故里二郎镇"的活动，游客可参观世界上最大的天然藏酒窖——天宝洞和地宝洞。贵州省特意将旅游产业发展大会放在茅台镇召开，提出了"白酒 + 旅游"的新模式。我国旅游部门也没有为发展"酒游"闲着，自 2004 年至今命名的全国工业旅游示范点中，就有包括贵州茅台酒厂、山西杏花村汾酒集团、四川宜宾五粮液工业园区等在内的 20 多家白酒生产企业，在一定程度上推动了"酒游"产业的发展。

目前，我国比较有名的"酒游"之地，主要有贵州茅台镇、山东烟台张裕葡萄酒窖、中国酒城四川泸州、中国酒都四川宜宾、中华名酒第一村山西汾阳、安徽芜湖雨耕山酒文化产业园等。

驴友喜爱非标住宿

　　驴友是自助自主旅行的爱好者，拥抱自然、挑战自我、锻炼意志、体验新奇是他们的追求。驴友们除了开展远足、穿越、登山、攀岩、漂流等带有挑战性和刺激性的户外活动外，体验非标住宿也是他们的爱好。

　　非标住宿，通常指民宿、度假公寓、房车、游艇、露营、旅游驿站等区别于传统酒店的特色住宿产品。个性化、多样性使得非标住宿受到驴友们的青

睐。2013年以来，代表中国非标住宿之一的在线民宿客栈预订市场迅速增长，有时居然同比增长达300%以上。驴友对"住进陌生而新奇旅馆"的接受度越来越高，促使需求旺盛的旅游住宿市场转向非标住宿。目前，住宿市场较大的蓝海就是碎片化的非标住宿。数据显示，越来越多的驴友，包括一般的旅客，开始倾向于选择非标住宿。由于非标住宿提供的是具有更加灵活性的住宿选择，并能够满足多样化的消费，得到的是相对比较安静、特色、自由

的住宿环境，摆脱在旅行中入住传统酒店不够自由和私密的困扰，享受着旅途中的"独居模式"。

非标住宿未来的形式还会朝着多样性发展。今后像野宿、沙发客、换房住宿等新的非标住宿形式，有着走俏的趋势。特别是移动互联网的进步和运用，催生共享经济模式快速增长，全球性的非标住宿资源线上预订和交易日趋便利，许多驴友和大众旅行者出境旅行入住非标住宿概率也在大幅增加。2016 年上半年，住百家及 Airbnb 等平台已经累计有上千万房客完成非标住宿的入住。

非标住宿服务，在全球正成为一个新兴行业。许多从事旅行和户外运动服务的企业，有着敏锐的市场嗅觉，紧抓机遇开展非标住宿业务，在集中托管非标住宿房源的同时，建立 App 线上预订系统，帮助非标住宿房源拓展销路。有的还为驴友发出量身定制的服务采购清单，让驴友事先预约服务项目，入住后能够及时享用到需要的具体服务，充分体现了非标住宿服务企业管理上的个性化。

驴友喜爱的非标住宿，因为形式日趋多样，它的缺陷也难免显现。特别是相比于传统的标准化酒店，其住宿环境和服务品质有时候得不到保障，

这是非标住宿业成长的痛点。如何处理共性服务和个性发挥的关系，将是下步非标住宿产业发展需要努力的方向。驴友在选择非标住宿时，要注意谨慎把关，保证住宿安全和满足自己的需求。

迈开寻找记忆的脚步

　　某市最近举办文化系列活动，推出了"寻城记"的特别策划，鼓励市民走进城市的老街道、老建筑，寻访那些老字号、老习俗和原汁原味的地方小吃，受到不少市民的响应。类似这样的活动，近些年频频在各地出现，说明人们对于曾经有过记忆的东西愈发在乎，回望曾经经历的生活场景的愿望也日趋强烈。

　　是啊，寻找记忆会让我们对于体验过的事物，有机会重新再认、再现和回忆，这是何等美妙的事情！其实，每一个人都有回忆的影子，如果你想回忆曾经的过往，或者想再体验一下曾经熟悉的事物，不妨迈开寻找记忆的脚步。

　　重访生活过的地方。许多人都曾在不同的地方居住生活过，一段时间后会对过去住过的地方常常想起。有时间去生活过的地方走走，确实是一件很值得做的事情。那里有过你开心或不快乐的过

去，有助于回忆自己曾经打拼的经历，更加激发对生活的热爱和对未来的憧憬。如果能够遇到几个老邻居老朋友，那么，这样的故地重游就更有了内涵与质感。假如你的爱人或子女没有在那里住过，可以带他们一起去，顺便给他们讲讲过去的故事，这也是家庭成员间的一种情感交流。

寻找老街道和古建筑。许多城市因为拆迁，已经没有了老城的原貌，所剩下的老街道和老建筑弥足珍贵。这些老街道、老建筑凝结了无数人的乡愁和记忆，它们能够唤起人们对以往生活的无限回忆。组织寻找老街道、老建筑活动，可以跟相同爱好、相同年龄段的人一起前往，这样的寻找记忆活动效果会更佳。比如，摄影爱好者一同去寻找那些老街道、老建筑，就是一次

古街古建筑的专题采风活动，既可以追溯历史的记忆，又能够获取一次艺术创作的机会。相信这样的活动，不管是个人发起或是某些单位牵头组织，都会有人积极响应。

品味和体验老

字号。每座城市都有许多值得记忆的符号，老字号便是其中之一。老字号餐饮、老字号炒货店、老字号百货店、老字号民间工艺品等，每个品牌都演绎了一段历史传奇，它们都是世代传承的产品、技艺或服务，有着广泛的社会认同。特别是对于寻找记忆的人来说，应该都是曾经品味或体验过的，今天重新找到它们，必定是一次非同寻常的追忆和享用。

寻找记忆活动，可以利用双休日，从自己居住的城市开始。若是觉得遥远的外地甚至国外的哪些地方，还有自己值得回忆的东西，亦应安排假期，做好攻略，毅然迈开寻找记忆的脚步，去找回属于自己的曾经，收获回忆的快乐。

去营地"充电"

　　200 年前起源于英国的营地教育，在经历了长时间的发展后，现在进入了热门时期。由于世界各国各类营地的大量涌现，随之以营地为载体的营地教育也正受到越来越多的关注。

　　营地教育，是一种在户外以团队生活的形式达到某种教育意义的教育，具有创造性、娱乐性、体验性相结合的特点，非常有助于学者（营员）达到心理、生理、社交等素质能力方面的成长。许多国家很重视营地教育，部分国家甚至将其正式纳入常规教育体系。有资料显示，美国约有 1.5 万个营地，其中每年有逾 1000 万美国青少年参加营地活动。在俄罗斯，青少年营地是政府每年耗巨款支持的项目。澳大利亚政府规定学校每年必须组织学生参加一周的营地活动。

营地教育对于大多数中国人来说，可能是一个比较新鲜的概念。但其体验式学习和富有创造性的营地活动，让越来越多的人爱上了这种"有目的地玩"。许多人接受营地教育后，不仅知识方面充了电，还在建立自信心、培养独立品格和领导力、扩大社交范围诸方面受益匪浅。

有意思的是，原先营地教育大多数是青少年在参与，可眼下成年人也喜欢上了这种教育形式。原因是营地教育有着吸引人的环境、团队式的相处、体验式的学习、学游结合的经历和专题式兴趣化的学习内容。

在旅游产业高速发展的今天，各地都建设了许多的营地、驿站，包括大大小小的度假区、旅游社区等，营地教育的趋势也跟着走向宽泛化。营地教育将扩大到度假区教育、旅游社区教育等。总的方向是未来的人们会让接受教育的环境更多地延伸至自己喜欢的地方，而为这种教育服务的组织和商业机构也将不断地应运而生。人类的学习生活，因此会更加绚丽多彩。

玩"味"的地方

　　我们生活的这个星球地大物博、精彩纷呈。有许多地方因为奇特的现象而令人好奇和向往，其中一些地方因有着独特的气味，而吸引了不少喜欢玩"味"的人。

　　这些有独特气味的地方，或是因为某种植物的花香形成气味，或因特种产业的生产而产生特别的气味，或因为特有地质条件所释放的气味，或由于地方美食而引发独一无二的气味，等等。这些拥有独特气味的地方，就成了人们玩"味"的好去处。由于特殊气味往往会讨得某些人的喜好、迷恋，让这些人念念不忘，时常想到这种气味十足的所在地去找寻、去嗅探。于是，就有了异乎寻常的气味之旅。

　　气味之旅的出现，其实也可以理解。毕竟气味和人的生活是密切相关的，它是人的嗅觉所感受到的味道、滋味。只不过每个人对于哪种气味的喜欢各不相同而已。在人类生活水平不断提高的今天，热衷于气味之旅的人随之增加，成为一种新的出行理由和时尚玩法。

　　许多人去过桂林和杭州，有意

思的是这两个优秀旅游城市都有纯洁芬芳的桂花气味。桂林之名就是由"桂树成林"得来的，桂花盛开时整个市区都能够闻到香幽幽的味道。道路两旁的桂树挂满嫩黄的、娇小的桂花，虽然有些羞怯地躲在叶子后面，但诱人的香味却沁人心脾。同样，杭州有一景叫"满陇桂雨"，是新西湖十景之一。"满陇桂雨"中的满陇，又称满觉陇，是为杭州西湖以南的一条山谷，植有七千多株桂花。每当金秋季节，桂花香飘数里，吸引了无数游人。

　　贵州省遵义市茅台镇和四川省泸州市，分别是闻名遐迩的茅台酒和泸州老窖、郎酒产地，整个地儿都在酿酒，人还没到酒香已经扑鼻而来。对于喜欢酒香的朋友，经常跑这两个地方也许就是一件最醉心的事。

　　世界上可以玩"味"的地方还有许多。新西兰的罗托鲁阿，全市遍布热泉，空气中硫磺弥漫，被人们戏称为硫磺市，加之毛利文化多姿多彩，前来观光

的游客络绎不绝。英国城市约克以生产巧克力闻名，甜丝丝的巧克力香味会飘荡在整座城市上空，为此当地旅游机构推出了"闻香识约克"的旅游路线。走进泰国曼谷市中心的食品市场，就能闻到榴莲的味道，喜欢这种味道的人就会经常去玩"味"。美国纽约州的布法罗市，作为食品巨头通用磨坊旗下麦片的生产基地，这个地方不时飘散出烤燕麦的香味。这种香味不仅当地居民很喜欢，而且也让世界各地的人慕名而来。摩洛哥北部古城非斯，拥有全球历史最悠久的皮革制造企业，这里的街巷弥漫着皮革的味道，给人一种体味经典工业的嗅觉满足。

　　世界之大，气味之多，喜欢某种气味的朋友，大可天南海北地去寻找可以玩"味"的地方，实现自己一次次心满意足的气味之旅。

玩转机场

当下可谓"玩"事多多，就连机场都成了玩家们的理想去处。不少人利用出差的机会，提前到机场先找个喜欢的项目玩一下，或者抵达机场后不急于离开，留在机场休闲玩乐一番，甚至还有不坐飞机专门跑到机场玩的。机场不只是起到空港作用，亦成了休闲娱乐的场所。

机场变"玩场"，事出有因。世界各地不少的机场经过建设或改造，增加了休闲娱乐方面的设施和功能。在服务上显得更加多样化、人性化。像瑞士苏黎世机场、荷兰阿姆斯特丹史基浦机场、新加坡樟宜机场、韩国仁川机场等，它们俨然就是一座座风情独具的休闲小镇，凸显了独特的气质和风格，名副其实地成了人们休闲的空港驿站。

瑞士苏黎世机场内，配套了酒店、观景台、健身俱乐部等数十种休闲服务设施。机场中间长度28.9米的酒吧，属世界上机场休息厅内最长的酒吧，坐在简约舒适的座椅上，可以看

到机场的全貌，环境十分优雅。机场还有租用越野行走手杖、溜冰鞋和自行车等，为旅客在机场锻炼身体提供周到服务。当地的一些市民也会专门来到苏黎世机场休闲观光，机场顶楼开放式观景台为他们提供观赏风光、拍照和参观航空知识科普展等服务。在荷兰阿姆斯特丹史基浦机场，建有皇家博物馆分馆，馆藏的都是世界级名画，让在机场的人们有机会欣赏到顶级的艺术作品。这个机场里还有赌场，是荷兰十个合法赌场之一。新加坡樟宜机场除了电影院24小时免费放映最新影片外，还有多项运动体验和游戏项目。韩国仁川机场虽然不大，但设施安排合理，功能十分齐全。如果在仁川机场转机，有两项免费服务不能错过。一是机场第四层设有干净整洁的淋浴区域，这种服务让旅客在机场可以一扫旅程的疲惫。二是机场设有蛋形座椅，坐在里面可以观看巨大液晶显示屏上的新闻和几百部各国电影，真是其乐无穷。

目前，世界上凡休闲功能明显的机场，一般都具备了吃、住、行、游、购、娱诸方面一条龙服务，且有着高品质的服务水准。于是，吸引了越来越多的人到机场享受一段别具特色的休闲时光。玩转机场，将渐成风尚，刮起了一阵新的休闲风。

微旅游花样迭出

微旅游成为新宠，已经有些时日。它与这个时代的人们喜欢在微信上交流信息、微博上记录生活、微电影中体会情感等"微活动"结伴而行，开辟了一种旅游休闲的新模式。

所谓微旅游，就是指短小的旅行。一种随时可以出行，不需要太多的行装，不用过于提前计划行程，拿起背包随时出发的快意旅行，非常适合现代人的生活习惯。

微旅游时代的悄然到来，改变了传统的旅游活动。但如同任何新生事物一样，微旅游自身也在时刻发生着变化，且花样迭出。根据业态的变化和市场分析，今后一个时期微旅游将重点朝以下四个方向发展，形成微旅游的新玩法。

　　1. 周末微旅行。这种趋势逐渐集中到上班族，他们利用周末有限的休闲时间，缘于受到某件事的影响，或者是因为某种资讯的引导，对周边或者短途范围的一些旅游目的地（线路）产生了兴趣，于是，提起行囊自驾出发或者借助其他交通工具出发，进行一次周末说走就走的旅行。由于周末是人们出行的高峰，一般周末微旅游应尽量避开人流，到一些相对比较清静的地方，摆脱平日上班的劳累与压力，放松一下心情，哪怕是走一条陌生的小路，看一道并不起眼的风景，都能享受一次"耍周末"带来的快乐。

　　2. 短期微度假。顾名思义就是比传统意义上的度假假期要短一些。不用携带一大堆的度假用品，比较随意地选个自己喜欢的民宿、野宿、主题酒店、度假村住上一宿，哪怕是晒晒太阳、发发呆、读读书、吸一吸新鲜空气、品尝一些地方美食，都算是短期微度假赐给自己的休闲大餐。

3. 短途微体验。经常去短途微体验，有利于增加生活色彩，避免长期单调的工作和生活造成的压抑和倦意。每个人都可以根据自己的情况，选择赴"另类地方"短途微体验。比如，都市生活的人们，可以利用有限的时间去乡下的海岛、山村等地进行生活体验，感受不同的生活场景和内容，体验不同的生活经历。而生活在农村的人，可以到附近的城市去体验都市生活。同样，体验"另类行业"也是短途微体验的一种形式。比如，从事农业、林业、渔业生产的人，可以利用空暇的时间去附近工业园区、商业区去体验生活，而从事工业的人可以去农业等不同的行业进行体验式旅游，感知另外不同的社会场景，弥补平淡生活和工作造成的乏味。

4. 快闪微健身。这是旅游和健身有机结合的微旅游形式。它能够吸引越来越多的人参与，是因为轻松自如地在微旅游中同时兼顾了健身运动，在没有任何拖累的境况下，达到快速便捷的锻炼目的。比如，临时安排了时间去滨海绿道徒步，就可以实现微健身。类似这样的活动，都属于快闪微健身。

寻求寂寞和宁静的旅途

　　前不久，网络上的《寂寞是最好的增值期》被看成深度好文而受关注。文章诠释了只有在寂寞的时候，你才属于你自己。许多人就靠寂寞成器，张小龙在无人的角落里寂寞三年发明了微信，钱钟书晚年靠谢客方能有时间一个人静静地写就《管锥编》。

　　几乎是同一时间，某城市一家电台"我们读诗"栏目播出了现代诗作《安静，是一种修养》，令听众大有豁然大悟和滋养心性的感觉：

　　安静是一种修养，喜欢安静的人，常常喜欢独处。

　　独处，不受环境干扰，不受他人左右。

　　任心情去游走，任思绪去飞扬。

　　用一个闲字恰到好处，有闲心，有闲情，有逸致。

　　如果，一个绝对不喜欢独处的人，那他或她的心灵是空虚的。

　　……

　　可静静的溪边一坐，

　　嗅花草熏香，听潺潺流水，看粼粼波光，观鱼游浅底、蜻蜓戏水。

　　掬一手骄阳藏袖，捧两缕清风入怀。

　　是那么的宁静，是那么的享受，是那么的美妙。

　　……

　　寂寞和安静，变成不少人所期望的生活状态，或许是因为我们周遭过于喧闹、繁杂，有着过多的条条框框，不仅让人身累，而且心也累；或许是与别人一起的时光太多了，反而害怕一辈子一个人的日子不够，无法在寂寞与

独处中收获成就。因而，一些人厌烦繁杂的环境，在逆反心理作用下产生向往寂寞和宁静的思潮。这种思潮开始作用于旅游出行。有人刻意地追求寂静的旅途生活，在出行的时光里宁愿与寂寞和清静为伴，也不愿意延续传统旅行方式中的寻找旅伴或加入旅行团队。他们要在独来独往的旅途中，思考问题、憧憬梦想，享受那种宁静的美妙。

寻求寂寞和宁静的旅途时光，正迎合了目前自助游时代的到来。因为，自助游的核心是体现个性化的旅游休闲形式。出于对生活中遇到庞杂环境的不适反应，旅游者根据自身时间、财力、身体状况等条件，自由选择出游方式和类型，并自己一个人搞定旅途的事情，彻底摆脱旅行社组织的旅游团队的行程模式和有旅伴同行的牵制，随心所欲、自由自在地打造出寂寞而宁静的旅途生活，实现自己出游的目的，愈合一下因为喧闹造成的心灵创伤。

自助游时代的到来，客观上也给这些选择寂寞和宁静旅行的人创造了好的条件。比如，许多地方已经为他们提供完善的网络信息咨询服务，新建的旅游营地、驿站、民宿为他们创造了相对私密而宁静的旅途生活空间。

由于现代旅行方式和旅游目的地包罗万象，对于寻求寂寞和宁静的旅行者来说，选择海岛度假、禅意休闲、森林养身、古道探访、峡谷探秘、民宿栖息等，是实现寂寞和宁静旅行的较好形式。

因为赛事的旅游

　　赛事旅游，是围绕某项赛事而进行的旅游。它兼顾观看体育比赛和旅游休闲活动，为目前全球较为时尚的旅游形式之一。可以想象，去异地观看一场精彩的体育比赛，在经历了现场疯狂呐喊，"沸腾"亢奋后，再去赛事所在地的周边著名景区景点逛一遍，这必定会成为人生中难忘的记忆。

　　每年全球性重大体育赛事都会超过 30 多项，像 2016 年就有 35 项之多，世界杯、欧洲杯、美洲杯，包括已成经典的法网、NBA 赛季……如果算上各个国家和城市等不同层面各自举办的体育赛事，那真是数不胜数。对于体育爱好者来说，这些赛事都是令他们兴奋不已的事情，并且随着人们生活理念的不断改变和交通、场馆等条件的改善，越来越多的人追捧亲临赛事现场观看比赛，顺带游览周边风景。由于赛场的观众变成了游客，这就催生了一个赛事旅游大产业，赛事旅游成了全球最具成长性的旅游业态。世界旅游组织称，体育旅游产业包括赛事旅游，其产值已经超过每年 4500 亿欧元。体育旅游是全球旅游市场中增长最快的领域，增长率年均达到了 14%左右，远远超过整体旅游产业的年增长速度。

　　许多有着敏感市

场嗅觉的城市或机构，紧紧抓住了赛事旅游获取经济效益的机遇，及时瞄准那些有看头的体育赛事，打造出"体育＋旅游"复合型旅游休闲产品，从中获得丰厚的经济利益，这也是许多地方为什么要争办有关体育赛事的重要原因之一。不少旅行社，每年都会为观看体育赛事的朋友定制一些旅游产品，组织一个个"观赛旅游团"出发。赛事举办地的国家、地区，甚至会为赛事旅游专门提供政策保障，想尽办法为赛事旅游者提供便利。比如，2016 年的欧洲杯，法国驻华大使馆就推出相关的观赛签，通过缩短流程简化机制来提高出签速度，方便球迷旅游者赴法观赛并在当地旅游观光。

对赛事旅游羡慕嫉妒恨的亲们，应该尽快让自己进入角色。如果想去体验赛事旅游，就要行动起来。首先，要知晓接下来有哪些你感兴趣的赛事，或者你想去的地方有什么体育比赛。根据自己的条件尽快选择目的地，好为下步计划定好方向。其次，事先进行观赛票务的落实，并做好除了观看比赛以外的旅游休闲活动攻略的制定，进行相关出行前的准备工作。再次，要利用出发前的有限时间，进行头脑充电。学习具体比赛项目和现场观赛的有关知识，并了解当地自然、人文方面的知识，让自己的赛事旅游尽可能完美。

"候鸟旅人"的生活

　　我们把随着季节变化而南北迁移的鸟类，称之为候鸟。人类社会也有不少的人，根据气候变化和季节更替而变换着客居地（旅游地），我们可以把他们称为"候鸟旅人"。

　　这种候鸟式随季节不同进行迁徙的人，世界各地都为数不少。从某种意义上说，他们是追求一种安适的生活方式。为了生活在气候舒适的环境里，或者考虑身体健康的原因，或者借机游览新的旅游地，他们可以不恋故土，周期性地更换居住地，拥有第二故乡、第三故乡……

　　有文章称：中国东北、华北等地逾 50 万人迁徙海南过冬。这说明，待在冬季过于严寒的地方，对于有的人来说确实不太适应，特别是年纪比较大的人。他们秋冬之交时到海南，一般要住上几个月，甚至半年，避开老家最冷的天气，等春暖花开以后返回家里。当然，世界上有些地方的人，是为了避开过热的天气，而找个气候环境好的地方居住一段时间。不管是避开太冷的季节，还是躲开过热的天气，都有利于健康和提高生活品质。同时，既

找到了气候宜人的生活空间，又到了一个新的旅游地，可谓一举两得。

需要说明的是，一般人的随季节变化迁徙和我们这里说的"候鸟旅人"的迁徙方式是不尽相同的。"候鸟旅人"的迁徙，除了和一般人随季节环境变化和有利于身体健康的共性原因外，还会考虑旅游的目的。所以，"候鸟旅人"不会每年都选择固定的地方过冬或过夏（避暑）。他们会选择不同的地方，以便于自己游览新的旅游目的地。有的甚至同一年里都会换地方。正因为这样，"候鸟旅人"基本不会在某个客居地买房子，大多是租房子住，或者干脆住旅馆。

"候鸟旅人"的生活是自由自在的，但也不是所有的人都有条件过这种生活，他们中间以自由职业者和退休老人居多。旅人，作为客居在外的人，到了一个陌生的地方，要求很快适应当地的环境，融入当地社会，并出于个人的喜好和职业特点，去参与居住地的一些活动，体验当地的风土人情，享受异地生活的多姿多彩。

面对不断增加的"候鸟旅人"，全球一些气候好的地方都积极地为"候鸟旅人"们创造好的居住条件，建设适合候鸟式生活的旅馆和接待服务设施。有的还整合了优质的资源，为"候鸟旅人"提供个性化服务。预计今后喜欢过"候鸟旅人"生活的人会越来越多，可见这方面的市场空间很大，未来各个地方争夺这方面客源的市场战将硝烟滚滚。

"逆流"当农夫

　　几千年来，生活在田园间日出而作、日入而息的农村人，他们一代代的梦想与追求便是进城。进城过都市人生活，能够成为城市里芸芸众生中的一分子，一直是他们可望而不可即的事情。

　　然而，意想不到的是现在居然有不少人要从城市"逆流"到农村去当新农夫。开始时只是利用周末自驾到城郊农村，一家人去拍拍照，吃点农家乐，带点农副产品回来；接着找机会去乡下干一些感兴趣的农活，体验一下农夫的感觉；现在进一步逼近农夫角色了，干脆租间农房住下来，种菜种粮食。这种情况让农村人感到惊讶和不解，成了这个时代一种新的社会现象。

　　要说城里人"逆流"至农村当农夫有点怪吧，其实也情有可原。最近一本杂志称：城里人想去城外，其中很大一个原因就是一千多年前顾况老先生挤兑白居易的那句话"长安米贵，白居不易"。所以，就有那么一些人决定自己当农夫，自种自吃，吃得便宜又踏实。如果有多余的，还可以接轨市场搞民间"特供"赚点钱。当然，这

算是"逆流"当农夫的原因，但也不完全是。

城里人下乡当农夫，还有那份田园情节对他们的诱惑。农村优良的生态环境，相比于城市里的空气环境无疑是天壤之别，选择当一回农夫便是选择了自然养生环境，何况种地干活也是体力劳动，可以锻炼身体。对于那些亲身经历从农村到城市的人来说，怀旧的情绪加上对农村田园风光的向往，也慢慢地让他们生出重返农村再体验一番当农夫的念头，从中获取些许曾经美好的记忆。毕竟，人有时候是活在回忆里的。还有不少城市人愿意"逆流"到农村当农夫，是因为城市的水泥高墙和市井喧闹不适合居住，到乡下找一处清静之地，顺便弄块地种点菜什么的，享受悠然自得的生活。关于"逆流"当新农夫的理由和原因还会有很多，不一而足，但这种发展趋势似乎还在加剧。

城里人要"逆流"到农村当农夫，途径有好多，比较靠谱的是参与现代农业的开发和乡村旅游休闲业的发展。比如，投资建设生产体验与休闲观光相结合的农庄；开发乡村特色旅游客栈，并租地种植蔬菜、瓜果、观赏花木等园艺作物；承租农民私人或村里集体土地种植作物、体验农夫生活。

森林疗法

　　森林疗法是指通过在森林中进行各种有益身心的身体锻炼、静心养生、食物疗法等活动，令身心获益的保健医疗活动。由此，我们可以想象森林疗法是一项以健身为目的的休闲疗养方式。

　　早在十九世纪四十年代，这项活动就发轫于德国。当时由于工业革命的进一步发展，人们感觉工作压力越来越大，特别是身体锻炼不够造成健康指数下降。于是，德国人发明了"气候疗法"，其主要做法是去森林的区域性气候环境里进行诸如漫步、水疗、体育锻炼等，并且在医生的指导下进行饮食调理和精神疗伤。许多人在森林里疗养一段时间后，收到满意的体能恢复效果，森林疗法也就在德国备受关注并逐渐发展起来。目前，德国许多地方都建有森林疗法基地，而且配备具有执业资格的医生和理疗师。世界上许多国家也都十分重视森林疗法的作用，将其视为预防疾病和促进健康的重要渠道。美国、加拿大、英国、法国、瑞典、挪威、日本、韩国等国家，把森林疗法作为国民保健福利的事情来抓，纷纷在保护森林环境的前提下，开辟各种森林疗法基地。我国森林疗法也在起步发展，不少地方提供了森林疗法的

度假产品，建设了疗养基地和设施。

森林疗法的效果，主要源于森林特有的气候环境。众所周知，森林是由大片生长的树木形成，它能够发挥净化空气、杀灭细菌病毒、改善空气质量的作用。相比于经济高速发展带来大量的工业废气、交通车辆尾气和煤烟、粉尘等大气污染的城市空气质量，森林具备了空气清新的区域性气候优势，对人类身体健康具有极大呵护作用。此外，森林所在的地貌地景是旅游观览的好去处，山地丘陵适合开展各类体育健身运动。生物多样性的森林地区，还拥有大量可食用的动植物品种，有条件开发药疗和食疗服务。

下面，介绍几种大众森林疗法：

1. 林中漫步。森林中特别是一些林场，经过多年的养护管理，修了一些林中小道（绿道），去森林健身疗养者可以利用它们进行一小时以上的漫步，体验富氧呼吸，达到强身健体的目的。林中漫步，对治疗慢性鼻炎、咽炎、肺气肿、哮喘病等效果较好。

2. 主题疗法。根据不同的环境条件，可以选择在林中打太极拳、做瑜伽、跳健身操、打羽毛球、药草沐浴、花径闻香疗法等，通过各类有益的主题活动，达到森林疗法的效果。

3. 森林食疗。重点是将各种药用食材融进餐饮中，发挥药膳食疗作用。这方面韩国做得比较好，强调森林物产的养生食用开发，注重林中采药和针对性的药膳食疗。当然，森林食疗要在专业人士的指导下进行。

4. 绿色静养。绿色森林的绿枝茂叶具有吸收声波的作用，可以阻隔杂音，让人感到安详自在，对人的神经系统具有调节作用，适合治疗神经衰弱、冠心病、高血压等。当心境烦乱的时候，就去森林发呆和独处，这是林中静美的修炼，借此能平静情绪，静养身心。

吃在奇特餐厅

　　现在许多人带着猎奇和对美食品尝的强烈愿望，专门去找一些奇特的餐厅用餐，从中体验这些餐厅独有的环境和与众不同的菜品，感受各种奇特餐厅所带来的生活乐趣。

　　去湖北宜昌游览国家 5A 级旅游景区——三峡人家，来回都要经过一家放翁酒家，这是建在西陵峡风景区下捞溪悬崖上的岩洞餐厅，被誉为"全球九大奇妙洞穴餐厅"之一。食客们坐在布置得雅致温馨的岩洞里，观赏天然岩壁，欣赏挂满大厅的伞状灯笼，品尝岩洞里用餐的别致情趣。不仅享受了美味食物，还能够一饱洞穴奇观之眼福。如果走出餐厅到了外边的栈道或是

建在悬崖上的平台，所看到的峡谷壮丽风景、刺激的蹦极表演，真可谓乐不可支。像放翁酒家这样的岩洞餐厅现在越来越多，因为它们迎合了一部分人的消费要求。目前全球比较有名的岩洞餐厅有意大利的 Grotta Palazzese 餐厅、芬兰的特色地洞餐厅 Muru、墨西哥金塔纳罗奥州阿鲁西餐厅等，大家有机会可以去体验一番。

空中餐厅，也是当下流行的奇特餐厅之一。就餐时你被升至高空，体验空中用餐的刺激感，恐高者绝对不可涉足。空中餐厅会为你提供馋涎欲滴的可口美食，并在惊险刺激的高空中体验非同一般的用餐。

在美国的拉斯维加斯，居然有一家以医院为主题的餐厅。餐厅把顾客视为"病号"，于是餐厅的服务员都着火辣的护士装，那氛围就类似医院。这家餐厅比较有名的菜品是"阻塞动脉"和"四层心脏搭桥汉堡"。据说，体重超过了 350 磅的顾客，可以在餐厅免费食用"阻塞动脉"和"四层心脏搭桥汉堡"。

把马桶和餐厅联系在一起确实有点不可思议，但偏偏就有这么些人把它作为时髦的饮食文化予以推崇，在不少地方冒出了马桶餐厅。马桶餐厅以厕所文化为主题设计而成，顾客要坐在抽水马桶上用餐，各种美食菜肴放在类似于马桶的餐具里。更让人难以接受的是马桶餐厅还提供类似大便等不雅形状的巧克力冰淇淋等，形象十分逼真。当然，在马桶餐厅用餐，上洗手间特别方便，因为它们设置了很多的男女洗手间。

机器人餐厅，是眼前比较时尚前卫的主题餐厅。顾客除了品尝各种风味美食外，还欣赏到能歌载舞的机器人表演的舞蹈秀。机器人成了餐厅打出的最大噱头，引得无数顾客造访。

随着人们消费观念的变化，世界上标新立异的餐厅与日俱增。比如，集装箱餐厅、漂浮餐厅、瀑布餐厅、证券餐厅、海底餐厅、悬崖餐厅等。未来各式各样的奇特餐厅，或许是世人尽享惬意时光的好去处。

冬泡"私汤"

　　冬季寒冷，却是泡温泉最好的时节。这些年，旅游市场上冬季"泡汤"水疗度假产品非常受青睐，如果是泡"私汤"就更显得时髦。

　　我国的温泉浸泡业，经历了从粗放到高端的发展过程。2003年中国第一个"温泉之乡"在广东江门恩平市应运而生，随后各地纷纷把矿泉资源与旅游开发相结合，诞生了许多"温泉之乡"。这些"温泉之乡"建设了不少度假村和其他旅游休闲设施，各地旅游企业也不失时机地抓住机遇大力推销温泉浸泡旅游产品，成了旅游新业态中的一朵奇葩，有人称泡温泉是朝阳产业中的朝阳。

　　现在冬天泡温泉已不是简单地去洗个澡，不只停留在"温泉洗浴中心"、"温泉大澡堂子"的水平上。人们开始在寒冬里寻找那些专属私密的温泉泡池，我们不妨将这类温泉泡池称之为"私汤"。

　　越来越多的旅游度假地温泉酒店，专门为游客准备了私密泡汤的场所。这些温泉酒店的"私汤"

设计，一般是利用独幢别墅、木屋里的院落设置单独的温泉泡池，或者在环境优雅的住宿套房阳台处设有私密温泉泡池。由于"私汤"具备了很高的私密度，人们可以静享泡"私汤"的自在和乐趣。

冬天泡温泉本来就在康体养生方面效果极佳，泡在"私汤"里还可以避开公共澡堂的喧闹，特别是相对于公共汤池要更加卫生，且一个人或自己认识的一班人在一起泡"私汤"会方便许多。

冬泡"私汤"，有许多讲究的地方。它不只是达到养生的目的，在文化和服务品质等方面，"私汤"能够带给人们一场私人生活的盛宴。有的温泉酒店重视开发"私汤"主题感悟方面的内容，如突出沐浴文化主题、水疗养生主题、休闲度假主题等特色文化在环境装饰和场景布置上的集中体现，尽量让人感悟这些主题文化独有的魅力和丰富的内涵。泡"私汤"者可以根据自己的爱好选择自己喜欢的主题"私汤"，在温泉浸泡的过程中亲身体验到精神的、生理的、体能的享受，达到心、身、魂的一同升华。与此同时，"私汤"的服务对象专一，方便提供个性化服务。比如，可根据个人的需要针对性地在温泉水中加入相关辅助性药料等，起到更好的疾病治疗和康体目的。

读书治病

　　读书治病，听起来有点不可思议。可是，世界上有许多国家将"读书疗法"予以推广运用。据资料介绍，德国、英国的不少医院都设置了"患者图书室"，引导病人通过阅读加速康复步伐。

　　人们借助读书来治病，是因为读书涉及人体整个身心的活动。每当进入阅读状态的时候，人的思想就能够排除杂念，过渡到一种积极的身体放松和精神享受境界，在书的世界里调达阴阳、清朗神志、平衡气血、获取愉悦，起到治病的效果。

　　1. 防止衰退

　　平时多读书，保持头部的血液流畅，使人的脑细胞新陈代谢加快，脑细胞老化减慢，就会有防止衰退的效果。正因为这样，如果考虑"读书疗法"的作用更佳，我们不只是多读书，读那些浅显易懂的书，还应该注重多读那些"难懂"的书，尽量在阅读过程中多动动脑筋，刺激大脑功能的发挥，不让脑内特殊生物活性物质的水平降低，促进脑神经及感官信息运动中枢神经活跃，使大脑功能不退化。

　　2. 调节情感

　　情感的调节，对于身心的健康至关重要。从这个意义上说，通过读书调节情感也算是一种"读书疗法"。晋朝大诗人陶渊明谈读书："每有会意，便欣然忘食。"读书的确具有调节情感，解除烦恼和抑郁等功能，让思想得到陶冶，智慧得以开掘，心灵得到净化。比如，阅读心灵书籍，可以缓解情绪失控，甚至能够免受轻度精神疾病的困扰。经常读书的人，胸襟开阔，在

良好心情的支配下，生活过得坦然而幸福。

3. 治疗疾病

现在世界上不少的医疗机构，把读书视为一种疗法或辅助疗法来看待，说明读书具备医疗价值。现代医学研究表明，"读书疗法"显然是一种精神食粮，可以助人消除烦闷，解开忧郁，忘却痛苦。对各种慢性病、心理疾病患者，都有一定的解闷、排忧、疏导、怡情功能。像读喜剧小品之类的书，有利于神经衰弱的医治；读心灵美文的书，可以治疗高血压病；读故事生动的小说，可治精神抑郁；读典雅的诗篇，有利于胃溃疡的愈合，等等。在意大利，人们为了利用诗集治疗疾病，成立了"诗药有限公司"，专门出版具有不同主治功能的诗集，供病人对症选读。

怪不得汉朝刘向曾说："书，犹药也。善读之可以医愚也。"宋代诗人陆游，享年85岁，其长寿秘诀之一就是嗜书如命。读书让人见识广了，心胸也宽阔了，就能够自行化解各种忧思烦绪，达到祛病弃症、健康心身的目的。

亲，为健康读书吧！

给身体加温

　　一些专家提出"温暖的身体才是健康身体"的理念，于是，给身体加温变成保健新趋势。人们尽量给身体加温，改正以往不良的饮食习惯，提倡适当节食，增加运动，试图抵御低体温病的侵袭。

　　人体理想的体温是 36.5~36.8 摄氏度。特别是 36.5 摄氏度，可以说是一个分水岭。低于这个温度，身体不适将会伴随而来。也就是说，体温低下有可能是百病之源。有资料显示，体温下降 1 摄氏度，人体抵抗疾病入侵的免疫力就会下降 30%。而体温上升 1 摄氏度，免疫力增强 5~6 倍。为什么冬季感冒的人多，就是因为到了冬天人的身体会变冷。专家强调癌症、脑梗塞、心肌梗塞、糖尿病以及身体亚健康状态的出现，和人的体温下降相关。所以，体温的微小波动都能关乎人的生死。

　　现在有很多因素导致人体体温降低，诸如运动不足、过度饮用果汁、冰咖啡等冷饮、饮食过量等。另外，现代人走路机会少了，习惯汽车代步；家务活干少了，习惯用吸尘器、洗衣机等代劳；接触温热环境少了，习惯夏天待在冷气房里享受凉爽，等等。这些习惯带来的后果，便是体温的降低。

　　日本著名的健康养生专家石原结实写的《病从寒中来》一书很是畅销，书中介绍大量病患的亲身体验证明了提高体温对抵抗癌症、抑郁症、肥胖和心脏病的积极作用。目前，"提高体温、早餐节食"成为日本流行的养生方式。

　　如何给身体加温？现在人们比较常见的做法是：坚持旅行和户外慢走、进行健身锻炼等，促进血液循环，提高肌肉作为"发热器官"的功效。生活中多摄取姜红茶、胡萝卜汁、苹果汁等提高体温的阳性食品。坚持晚上泡澡、泡脚，早晨节食等好的生活习惯。

光脚"养"健康

　　早在 1960 年的罗马奥运会上，埃塞俄比亚选手阿贝贝·比基拉，光着脚参加马拉松赛，打破了奥运会纪录并夺得金牌，成了当时轰动世界的新闻。时隔五十多年后的今天，一种用光脚形式来锻炼和养生的风尚再度成了当下媒体的热点。

　　美国《自然》杂志刊登出最新研究成果，说是"热爱跑步的人们或许可将昂贵的运动鞋收进鞋柜，因为最好的跑鞋就是不穿鞋，赤脚跑步对健康更有益"。研究者认为，光脚跑步肌肉利用率更高，步伐也会更有弹性。相比于穿鞋跑步者，总体上说光脚跑步的时候其小腿和脚部肌肉利用率会更高一些，这是来自美国哈佛大学、英国格拉斯哥大学和肯尼亚莫伊大学的研究者的研究成果。因为"光脚跑步时，脚部活动与穿鞋时大相径庭，前者能大大降低脚部重伤危险。穿鞋跑步时，人们大多脚跟先落地，而光脚跑步时，脚

掌中部或前部先着地，因而可以将冲击力降到最低"。有人还认为，光脚跑步是人类进化的必然趋势。

除了光脚跑步达到锻炼目的外，光脚养生还有许多文章好做。最近，不少人抱着有条件就赤脚的信条，尽可能创造更多的机会把鞋袜抛掉，光着双脚在户外行走，或在家里漫步，就连乘坐动车、地铁和汽车都想趁机把鞋脱掉，让脚透透气。

光脚养生者认为，脚是人的第二个心脏，刺激脚心能够起到保护五脏六腑的作用。不仅让人更加强壮，甚至还会促进大脑发育。日本近些年来越来越多的人把不穿鞋当成了一种独特的养生方法，甚至从幼儿园就开始进行"赤足教育"，常见于中小学生进入教室都要脱鞋，下雪天赤脚去雪地走一走，光着脚参加体育课。不少成年人则光脚到农田劳动，在沙滩、草地上行走，参加光脚马拉松赛跑等。

在新加坡，光脚养生成了一些人的习惯，甚至有不少外国人特意跑到新加坡"入乡随俗"，参加当地的一些光脚养生活动。英国也属于光脚养生比较风行的国家，许多人在推广"赤脚大仙"的养生理念，希望有更多的人晓得光脚有利于足部汗液的分泌和蒸发，增加肢体末梢循环，不仅让全身血液循环和新陈代谢加快，还能增强植物神经和内分泌的调节功能。中国的中医科学似乎也证明，人体不少经络和穴位都在脚底，因此光脚走路会对脚部穴位起到按摩刺激作用，达到养生效果。

俗话说"人老脚先老，长寿始于脚"，或许这与光脚养生相关联。但是，不管怎么说，光脚养生在具体的过程中，还是应该注意科学的方法，防止不分季节、气候、条件、方法、体质，一味不穿鞋乱来，可能就会适得其反而伤害健康。

环保创意旅行

在未来的日子里，环保创意旅行将进一步成为人们出门旅行的选择，会有更多的人因为环保意识的增强和对可持续发展价值取向的认可，把旅行与有创意的环保行为结合在一块，以一种对社会和环境负责的态度，在旅行过程中的各个环节尽量做到尊重自然、保护环境。

环保旅行，贯穿了人与自然和谐相处的思想，是旅行者以认识自然、保护自然、不破坏生态平衡为前提的带有创意性的旅行活动。环保旅行作为一种新的符合时代进步理念的旅行形式，具有观光、休闲、度假、健身、科普教育、科学考察、探险等多重功能，带给旅行者愉悦体验的同时，更重要的是获取环保知识和理念，践行人与自然和谐相处的善举。

想必大家都想知道具体环保创意旅行有哪些形式，由于它是创意性的，所以环保旅行没有固定的形式，只要遵照环保要求并为环保事业做出贡献的创意出行，都可视为环保创意旅行。下面，将已经尝试过的环保创意旅行形式做些介绍。

1. 选择绿色研修之旅。主要是安排去世界上那些知名的绿色城市、环保企业、自然保护区，参观各类具有研修价值的环保典

型，在旅行中感知先进环保生活方式和生活态度，接受能源、水源可持续发展以及生物多样性方面的教育。像哥本哈根、阿姆斯特丹、芝加哥、库里提巴、波特兰、多伦多等城市都是有名的绿色城市，旅行者可根据自己的要求，设计去哪座城市进行研修形式的旅行，包括去参观像库里提巴市环保型的玻璃圆筒公交站，观察芝加哥大规模推行的"屋顶绿化"而节约能源开支等有创意的环保实践，达到旅行和求知的双重目的。

2. 设计"减法"旅程。"减法"创意的核心，是把旅行的线路合理设计在最环保的范围内。旅行中有无数不同的方式可以减少相关的碳排放，如尽量减少交通时间，采取徒步旅行等旅行方式；选择坐公共交通工具；把酒店选在可以步行或骑自行车抵达出行目的地的地方等。这些都是低碳出行的好创意。

3. 坚持低耗生活方式。出门在外喝水、用电等都是必不可少的。但是，对于环保创意旅行者来说，他们会自带水杯而谢绝瓶装水；坚决拒绝用完即弃的即食餐具，减少垃圾的产生；精心安排用电，在旅馆房间里尽量拉开窗帘借用自然光，少开灯光；旅途中节省手机用电，减少充电等电力使用。

4. 下榻绿色酒店。有意识地在旅行的线路上寻找绿色酒店入住，这种有创意的选择，是保护环境最简单的途径之一。判断是不是绿色酒店，了解以下细节即可一辨真伪：酒店是否有局部使用太阳能？是否使用节能效率高达 70% 的 LED 灯？是否获得过绿色环保奖项？等等。下榻绿色酒店，也是对绿色发展理念的具体践行。

几度流行的"半身浴"

　　世界各地的洗浴文化可谓五花八门，其中"半身浴"曾几度流行。早在20世纪80年代就已在一定范围内流行起来，至20世纪90年代中期风靡一时，进入21世纪后又开始第三次流行。现在"半身浴"族陆续增加，成为不少人追捧的健身方式和生活中的时尚。

　　"半身浴"是指洗浴时，浸泡肚脐以下部位30分钟左右。这种洗浴方式做起来较为简单，就是把身体的一半浸泡在温水中，简便易行。它起初流行于日本、韩国等国家，是人们在相对湿度较高且温暖的气候条件下，需要经常洗澡，大家出于洗浴对自身健康的要求，发现洗"半身浴"比较有养生保健的作用。于是，越来越多的人懂得并接受"半身浴"的健身理论与功效，大家在接触"半身浴"后，就把它作为自己的一种常规保健方法和生活享受而坚持了下来。

　　"半身浴"一般是在39℃左右温水里浸泡。具体的方法：首先要先淋浴，然后在浴缸内放入洗澡水，水温控制在39℃左右，再滴入几滴具有消肿效果的薰衣草精油，坐入浴缸中，让身体自腰部以下都泡在水里。这个时候，你可以看看书或者听听音乐，有条件的也可以观看电视。待浸泡30分钟左右，洗浴过程完美结束。不过，对于老年人特别是患有高血压、动脉硬化和糖尿病的老年人，请不要在42℃以上的热水中洗"半身浴"，这样容易导致副交感神经活跃，心跳、血压出现变化，甚至因为水温过高而改变血液状态，容易形成血栓。

　　"半身浴"有助于血液在体内循环，增强血管弹性、加快心脏搏动，对于调节身体机能，改善机体的健康状态具有一定的作用，是一种有利于身体健康的自然养生方式。特别是肥胖、下肢浮肿、容易疲劳等这些困扰办公一族的健康问题，可以通过洗"半身浴"来解决。客观地讲，"半身浴"确实有利于健身，可以增加生活中的小确幸。有过较长时间"半身浴"体验的人，普遍认为洗"半身浴"对于养生健体有作用，而且方法简单，居家生活可以做到。但是，"半身浴"并不是有的人说的那样，能够包治百病。

　　由于"半身浴"的几度流行，爱好者愈发重视洗浴设施设备的配置，以提高泡浴品质。有的"半身浴"爱好者，在建造房子的时候就会首先考虑如何设置浴室、浴盆。目前，市场上为"半身浴"配套服务的商品也开始丰富起来。另外，关于"半身浴"的相关文化和故事也与日俱增。

静态旅游改变休闲方式

　　静态旅游，乍听起来有些怪怪的。一般认为旅游是生活中的一种动态行为，怎么与静态扯在一起？然而，就是这静和动的混搭，却搞出了一番动静。静态旅游成了当下一种流行的休闲方式。真可谓动静不失其时，其道光明。

　　所谓静态旅游，是相对于以游览景点为主的动态旅游而言的。它使旅游者尽量减少不必要的舟车劳顿，避开那些热闹嘈杂的旅游目的地，找一处自己喜欢的人迹稀少的清静地方，像海边渔村、湖畔居所、林中小屋、草原毡房、古镇民宿、沙漠客栈……静静地待上数天，在追求静态休闲的理念下，做自己喜欢的事情，尽享生活的宁静和惬意！

　　静态旅游的兴起，告诉我们一个事实：人们的旅游休闲消费理念正在发生深刻的变化，不再满足于"日夜奔波"的观光式旅行。那种目的就是看几眼景点的"游山玩水"，使人在各个旅游景点之间穿梭，不停地坐车、乘船、步行……这样的旅途劳累，一些人开始对其不感兴趣。渐渐地人们开始接受另一种旅游休闲方式——静态旅游。

　　静态旅游，倡导的是恬静

悠然的休闲生活。毕竟，许多人想远离业已成熟且十分喧闹的那些自然景观或人文景观，按照自己的条件与爱好去寻觅原始自然的环境和居所，在完全放松的心境下"泡"上几天，有闲暇时光与芳草相伴、和飞鸟对话，追求的就是平时喧嚣生活中难得的清静。

清静，来自天然的恩赐。静态旅游可以慢下生活节奏，坐在草地上、阳台上静静地沐浴阳光，呼吸新鲜空气，受清风吹拂，听百鸟歌唱。在大自然清静的怀抱里追忆曾经的往事，憧憬人生美好的未来，在无尽的遐思中感悟自然的和谐，领受天然的恩赐。

悦心，来自灵感的牵引。静态旅游让你有时间和精力，在自己喜爱的环境里，获取属于自己的那份灵感。拿出纸和笔，写成一首诗词或一篇美文或一幅画作，在富有灵感的创作中得到心灵的慰藉与满足。

乐活，来自质朴的追求。静态旅游不一定与繁华为伍，或许只有简陋的居室和朴素无华的周遭环境，但那种不做作的生活起居和没有污染的生态食物，还有世外桃源般的自然景观，都会让人乐活其中。没有了厌倦，没有了污染，没有了世俗的烦扰，可以简简单单地过几天快乐十足的日子。

对于静态旅游，大家应该辩证地看待。以往旅游基本上以"动"为主，主要时间都在东奔西跑、马不停蹄，许多旅游者原本想通过旅游来休息和放松一下，结果适得其反，往往把人搞得很累。静态旅游刚好解决了上述问题，它是实实在在的休息，完全没有"负担"的旅游。所以，静态旅游一定会受到人们的欢迎，具有独特的魅力。当然，在旅游业态日趋多样化的今天，静态旅游不可能独行其道，它只是整个旅游休闲活动中的一种方式，是动态旅游的补充和发展。况且，静态旅游也有些不足之处，比如缺少游客互动和时尚体验，缺乏边走边欣赏的游览乐趣等。

静坐闻香

　　静坐是一种态度，更是生活的雅性。而沉香文化历史悠久，底蕴深厚，作为一种特殊的文化载体，是与食文化、酒文化、茶文化并存的四大特殊文化之一。如果找一处清静幽雅之所，在静坐中享受沉香文化带给我们的一份香韵意象，这便是本书所称的静坐闻香。

　　静坐闻香的休闲方式简约而有品位。只需要备一只陶瓷小炉、一些沉香粉（粒）、木炭、香灰和一张小小的银片（银叶）。具体操作：陶瓷小炉里放点燃的木炭，上面铺一层已经燃过的香灰并在中间留一个孔，将银片（银叶）放在上面，再把少量沉香粉（粒）摆在银片（银叶）上，这样下面加热的木炭透过香灰就会使金属银片发烫，让沉香粉（粒）的香气发散，达到闻香目的。如果想更方便一些，目前市场上也有出售专门用于熏烧沉香的器具。

　　静坐闻香，算是沉香文化的主流品味方法，也适合现代人的玩法，给人十分优雅的体验。这样的休闲方式，让人的心思从香开始，缓缓淡去忧郁与烦恼，心在静静冥想中慢慢地清醒。如果有兴趣，找本喜爱的书，阅读、静虑、修身，自然是洗刷心灵的理想之举。

　　沉香可以调理身体。《本草纲目》记载，沉香木能够抗菌，香气入脾、清神理气、补五脏、止咳化痰、暖胃温脾等，对人的健康是有益的。

旅行，因为阅读

　　现代旅行的目的日趋多样化，其内容和形式也更加丰富多彩。近几年，一种因为阅读而引发的旅行，深受有志于"读万卷书，行万里路"驴友的热捧，甚至由于这种把阅读与旅游结合起来的出行方式，唤醒不少的人又重新步入了阅读的大雅之堂。

　　因为阅读而旅行，告诉了大家一个道理："读书"和"行路"并不是风马牛不相及的事情，它们之间彼此融合，相得益彰。那些喜欢读书学习的人，他们接触到的书本知识，往往在远方的某个地方客观存在着或者能够找到"影子"。因此，对于读书的人，萌发探访实地进行相关研究和体验的冲动是再自然不过的事。同样，当经过一番实地的考察体验旅行后，对所掌握的知识又会产生新的疑问和兴趣，更加牵引着人们去进行更为广泛和深入的阅读。这就是"读书"和"行路"的辩证法。正像有人说过："读书而不旅行则空洞，旅行而不读书则盲

目。"

在古代，读书与行路原本就是有识之士的生活常态。谢灵运（385年—433年）博览群书，游历永嘉（现温州）诗画般山水后开创了中国山水诗之先河，被后世誉称为中国山水诗鼻祖。徐霞客（1587年—1641年）一生志在四方，与长风云雾相伴，以阅读写作为业，成了历史上著名的地理学家和旅行家。撼世之作——《徐霞客游记》凝聚了他30多年读书和实地旅行考察的心血，有着恒久的学术价值。

然而，历史有时候是起伏着波浪状前行的，有些事物会在某个历史阶段落入低谷。曾经的旅游就疏远过阅读，以简单的观光——"到此一游"为主导业态。今天能有越来越多的人重新因为阅读而旅行，这是一件值得庆幸的事！

对于一般人来说，选择阅读和旅行的结合，可以有两种方法：一是在阅读了自己喜欢的书籍后，根据书中（可能不只是一本书，甚至其他读物）涉及的内容，选择去某个地方旅行。二是对某个旅游目的地感兴趣或者游历过，尔后找些书进行研读印证。不管怎么说，带着阅读的知识储备和对一些问题的思索在一个地方旅行，这样的旅行必定具有无穷的趣味。哪怕是遇到一处遗址、一块石碑、一座古桥，都是访古游和研学游的极好机会。如果有人阅读了《背包十年》《我们为什么旅行》等时下流行的新生代作品，会发现那些旅行目的地同样非去不可。对于饱读之士，因为阅读而旅行确实是富含意义的人生经历。

阅读，不断催生着人们旅行的愿望。

慢运动开启健身新时代

也许你已经察觉，周围人的体育锻炼方式在悄悄发生变化。不少人从过去热衷于快运动的队伍里脱离出来，加入了慢跑、走路、瑜伽、太极拳、钓鱼、台球、健身气功等慢运动的行列。这种现象的出现，说明由慢生活衍生出来的慢运动时代正在到来。

所谓慢运动，是由慢速度、慢动作组合而成的那些相对强度较小、节奏较慢的休闲体育健身运动。这些运动能消耗一定的体力，实现一部分储存的能量分解转化，但没有快运动那么激烈，不会感觉很累，使参与者既能达到健身效果，又可以缓解心理上的压力。慢运动与快运动（竞技运动）并不对立，也不是说快节奏的运动不好，只是慢运动对于工作压力较大的上班族或者受当代秩序化生活方式影响而引发健康危机的人们更适应，能够获取快节奏工作压力下慢运动带来的那种舒缓的健身享受，实现身与心的平衡、松弛、愉悦，进入一种曼妙人生之境界。

慢运动的兴起，有可能是现代人开始推崇慢条斯理的生活和运动。有人说"我关注的不是谁在百米赛跑中得了第一，而是在快节奏的都市生活状态下的健康状态"、"快节奏的生活就像鞭子一样抽打着人们不断向前，没办法慢下来。而慢生活有点物极必反的道理，尤其是参与慢运动，其本质是对健康、对生活的珍视"。所以，不难理解慢运动流行的成因。

德国科学家的研究成果发现：生命并不在于拼命运动，而是要放慢节奏。我们往往会片面地理解了健身运动的本质，将其等同于高强度密集化的锻炼。其实，运动的真谛并不是让人更疲惫，而应该是让人更加健康。人的身体就像一辆自行车，平时不骑会生锈，如果不加保护猛烈地骑，车的链条、轮胎、挡泥板等很容易弄坏。健身运动就是这个道理，所以我们可以把它比喻成"自行车健身理论"。适当的运动有利健康，能够延年益寿。过量的运动不但不能减压，反而对身体有害。正因为这样，现在像太极拳、木兰拳、瑜伽等就成为人们的新宠。

总地说来，慢运动主张舒缓的节奏、流畅的动作，以此来缓解快节奏、高压力生活环境下的心理压力，消除身体的疲劳，达到健身的目的。普拉提之类的运动，就是以"专注、控制、重心、呼吸、流畅、准确、放松、持久"这 16 个字为基本要素，倡导舒缓全身肌肉及提高人体躯干控制能力，针对腹肌、肩、背等部位的肌肉进行训练，纠正身体姿态，放松腰部、颈部，收紧手臂、腹部的松弛肌肉。同样，瑜伽训练也体现了慢运动的特点。用柔软和流畅形式，改善人们生理、心理方面的能力，以达至身心的合一。

太极跑引发的跑步革命

　　跑步，无数人热爱的一项运动。但是，常常会因为跑步而带来伤痛，使一些热爱生活的跑步者停下了奔跑的脚步。几年前，一本由丹尼·德雷尔和凯瑟琳·德雷尔合著的书——《太极跑》给大家带来了福音，并引发了一场跑步革命。

　　《太极跑》一书介绍了一种"不费力且无伤害的革命性跑步方法"。当然，如果把太极跑说成不费力并且完全无伤害有点理想化，但它可以教会我们如何在跑步时掌握最好的技巧，对人体产生最小的伤害，最终能够享受跑步的

乐趣和达到健身的目的。作者立足于防止跑步伤病的"不时来袭",根据自己的体验和研究,将"太极"的精粹融汇到跑步当中,提出了绵里藏针、循序渐进、动作平衡等太极跑的三大原则。如果大家跑步时能够把握这三大原则,就会发现原来跑步是一件"不费力、无伤害"的运动。

学习太极跑要从姿态、前倾、下半身、骨盆扭转、上半身、步频、挡位和步幅等方面入门,了解并掌握跑姿动作。同时,还得学会专注、身体感知、呼吸、放松等四项技能。这样就可以让跑步显得多维,以最小的付出获得最大的成效。

太极跑具有独特魅力,它以全新的跑步理念被人们所接受,掀起了世界跑步界的一场革命,或者说创造了一种新的玩法。许多人在太极跑初始理论的指导下,投身太极跑的运动体验,并对这一新跑步运动进行深入的研究与完善。比如,有的太极跑者建议要时时刻刻注意跑步的要点——哪儿紧张就放松哪儿。做到上半身正直、下半身放松、身体前倾,依靠身体向前倒的力量推动人向前奔跑,而不是靠蹬地前进。按照老子"虚心实腹"的道理,身体的重量在向前倾斜时,应该压在腹部上。还要胳膊放松向后摆,呼吸自然放松,一切以放松为前提包括大腿、小腿均柔软地放松。太极跑虽然因缺少蹬地的动作跑得不快,但非常适合健身跑和休闲跑,对膝盖的压力小,跑起来比较轻松自然,跑步以后肌肉很柔软,不会出现肌肉僵硬情况。

这几年,太极跑的应用更为广泛。坡地太极跑、越野太极跑、跑步机上太极跑等,甚至还有针对铁人三项、马拉松等特定赛事的太极跑训练。有意思的是,随着太极跑的兴起,还出现了太极走休闲方式,即以平常走路方式为基础,注入太极拳元素的一种新的走路健身方式。不管是太极跑还是太极走,建议按照教程进行训练。

太极拳是中国独具国宝,我国在发展太极跑和太极走方面有十分广阔的天地。大家要将太极身心轻灵的技法融入跑与走中,达到健身、祛病、修心之目的。

玩在空中的瑜伽

瑜伽，是一种来自于印度的传统健身法，意为"结合"，指修行。瑜伽强调呼吸规则和静坐，以解除精神紧张，修身养性。传统的练习是在地面上进行的，前些年一位法国人新创了空中瑜伽，把瑜伽练习从地面"搬到"空中，随之受到了一部分女性的热捧。

空中瑜伽，也称之为反重力瑜伽。它是利用空中吊床，完成哈他瑜伽（传统瑜伽）体式。练习者在空中能够感受到身体失重，加深体式的伸展、阻力和正位能力，具有较好的放松、疗愈、瘦身效果。特别是在空中完成各种练习动作，宛如在空中飞翔。

对于初学空中瑜伽者来说，离开地面仅在那么窄的布条上做瑜伽，会心跳加快，肌肉紧张，需要在教练的指导下进行。在确保安全的前提下，经过慢慢训练，才能够在布吊床上舒展身体，做各种拉伸动作。空中瑜伽相比于在地面垫子上做瑜伽训练，挑战会更高一些。比如，放松身体、把脚钩住布条、双手放开、训练空中倒立、借助瑜伽绳完成抬头和挺腰以及收腹等动作，都有相当大的难度。

空中瑜伽是以顺重力、向心力、反重力这三大原理结合的新型瑜伽方式，力量原理来自于物理运动学。与传统地面上的瑜伽练习不同的是，利用绳索吊床作为辅助，将传统瑜伽的体位法与中医按摩手法、太极原理、普拉提的力量、舞蹈的优雅等结合在一块，实现瑜伽与其他相关健身训练技巧、体式的相融合，创造了一种全新的瑜伽练习法。

一位资深的瑜伽教练介绍，在空中即使做很简单的动作，都需要具备很好的平衡稳定性，要求空中瑜伽练习者必须保持注意力高度集中，并具备良好的身体素质。如果坚持练习空中瑜伽，可以剧烈燃烧脂肪，锻炼深层肌肉，加快身体代谢，改善血液循环，缓解工作生活带来的疲惫和压力，收获轻松和快乐。

空中瑜伽练习必须保证安全，注意瑜伽吊床绳索一定要结实。参加练习的女士建议束发，防止缠绕。不要佩戴首饰和尖锐饰品，避免钩挂。练习前要做简单的热身动作，避免肌肉拉伤。

享用第三生活空间

　　每个人都有自己的工作空间和休息空间，即单位和家庭。这是生活的基本去处和场所，给了我们工作上的乐趣或劳累，生活中的温馨或烦恼。但不管怎么说，单位和家庭成为每个人的活动空间，已经顺理成章，习以为常。然而，除了单位和家庭这两个空间外，还有一个第三生活空间可以让我们停留，在那儿享用无拘无束的氛围和自由浪漫的情调。

　　第三生活空间，是指除了上班的地方和家以外的另一个舒适的有调调的场所。比如，咖啡店、茶吧、书屋、酒吧、清吧等。我们不难发现，现在城

市街头有越来越多这样的店，它们范儿十足地接纳着各种身份和爱好不同的人们。让每位个性化的顾客，都可以在它们那里找到一份愉悦、悠闲和自在。这些第三生活空间，有朋友间的欢乐相聚、恋人们的知心私语、独处者的超然身影，甚至还有把第三生活空间当成工作室的 NOCO 族。

第三生活空间如此风行，总会有它的理由。别的不说，就说当今社会，人们正在为网络时代彼此减少了面对面的工作交流和市场交易发愁的时候，第三生活空间却弥补了上述缺陷。不是吗？光顾第三生活空间，你

不仅能喝到地道的咖啡或茶或酒或原味配料的饮料食物，享受店里别致的优雅环境、悦耳的背景音乐、珍贵的柔软时光。除了这些，更重要的是第三生

活空间为人们创造了碰面交流的机会，或者找到一个新的生活场景所产生的心灵满足。我们真的无法拒绝这种舒缓别致的生活空间，高雅且近距离的人际交往场所。

学会享用第三生活空间，这是一种时尚的生活理念和态度。第三生活空间不只是简单地卖咖啡、卖茶、卖书、卖酒、卖轻食简餐，它们是在为一座城市营造生活的意境，打造独特的场景，提供人本的服务。每个人都应该按各自的生活方式和爱好，享用着第三生活空间带来的有品质的美好时光。阅读者，在某个你认为空暇的午后，找一家宁静的书屋，拿本书看上一下午，让劳累的灵魂得到放松；排遣寂寞者，找上三五好友，去城市一隅的某个酒吧或清吧或茶吧，来上一杯美酒或茗茶，在聊天叙旧中获取群体的暖意，让自己不再寂寞；你若想一个人清静一下，也可以去以静为主题的茶吧或书屋，享受独处的幽静；品尝美食者，选择周围有气质的咖啡店或西餐厅，细品咖啡的原味、手工西点的精美；商务洽谈者，酒吧和茶吧都是理想的去处，在优雅的环境里也许就促成了一笔不菲的生意……

快乐的生活，源于用心安排和选择。在我们每个人的周遭，密布了许许多多的第三生活空间，有空时找家跟自己对路的店坐坐，相信第三生活空间会让你的生活愈加开怀。

向慢跑名城出发

偌大的世界，有些地方总会特别适合做某件事。对于慢跑爱好者来说，世界各地散布着不少特别让他们喜欢去慢跑的城市。也许，这些城市与他们相隔万里，对慢跑的热爱却无法阻止他们前行的脚步，穿越万水千山就是为了一座喜欢的慢跑城市，用脚步去丈量它的独特与魅力。

慢跑作为一项运动，自古有之，不足为奇。但是，当现代人把它作为新的时尚生活方式，并赋予更多的内涵和品质要求的时候，这件普通的事情就变得不一般了。在喜欢这方面的人看来，世界上有的城市就是为了慢跑而存在的。比如，以下这些城市就是慢跑族的天堂。

美国纽约：纽约的中心公园人称"曼哈顿之肺"，十分适合慢跑。中央公园不受周围繁华都市的影响，里面有3条跑步路线（外圈公路、中圈沙土路、内圈环湖路）供大家选择。最重要的是在中央公园慢跑，可以领略沿路的生态美景，令人心旷神怡。

意大利佛罗伦萨：在这座散发着浓浓艺术气息的城市里，它的老城区都是用石头建成的房子和石头铺就的道路，看上去颇有沧桑感。由于达·芬奇、伽利略、米开朗基罗等在这里生活或工作过，使得老城区独具魅力。如果你去慢跑，不经意间就会遇上一座座古老而有文化艺术渊源的知名建筑。

荷兰阿姆斯特丹：这是一座奇特的城市，拥有丰富的旅游景点，包括历史悠久的165条运河组成的运河网，其中围绕王子运河、国王运河和绅士运河建有不少艺术馆、博物馆、餐馆、酒吧以及众多的古建筑。选择一条运河的河坝慢跑，都能够观赏到除郁金香、风车之外的其他美丽景色。

法国巴黎：沿着塞纳河两岸的埃菲尔铁塔、罗丹博物馆和卢浮宫、香榭丽舍大街慢跑，感受的是世界浪漫之都特有的风情——飞翔的鸽子、亲吻的情侣、街头的舞蹈。跑完步可以找家咖啡馆坐下来歇歇，感受一份温馨和自在。

西班牙巴塞罗那：如果在傍晚时光，来到巴塞罗那港口区至圣塞巴斯蒂亚海滩一带慢跑，那如画般的美景和热情的西班牙人，将留给你一次难忘的慢跑经历。

澳大利亚悉尼：漫长的悉尼大海岸步行路径，连接着海港、天然海滩、古老堡垒等，景点多不胜数，让无数慢跑者慕名而来。

去世界各地城市慢跑，算得上一件开心的事情。不仅可以满足热爱慢跑者的需要，也是一次去异域旅行的机会。相信这种向慢跑名城出发的旅行，会给大家意想不到的欢愉。

穴居养颜

　　美丽容貌是每个人都想要的，所以在日常生活中人们都十分重视养颜。最近，有媒体报道英国一位女子坚持一个月不洗脸，结果发现自己的皮肤非但没有变差，反而肤色还第一次变得如此均匀美丽，引起了广泛的关注。其实这不是什么稀奇的事，许多人早就在学习"穴居生活"，尽量保持原始自然的生活方式和生活态度，以此来保护自己健康的体魄和美丽的容颜。

　　有人认为：人的身体就像一辆自行车，不用它会生锈，不活络。如果毫不节制地乱骑乱踩，这车子也就破损不堪。人的身体尤其是脸蛋，要适度保养，恰到好处，不可养颜过度。比如，近年来一些明星曾表示自己会少洗脸，学习"穴居生活"少洗脸，这样可以缓解皱纹过早过多地生成。又比如，像"穴居生活"的人一样，不使用或者少使用洁面用品和化妆品，使脸蛋更加自然、光滑、美丽、耐看。

　　让自己拥有一张美丽无瑕的脸蛋，只靠外在的保养，特别是单靠一些外用保养品是不够的。人的精神不佳或者人体

的器官一旦出现问题时，会表现在脸上和皮肤上，容易产生"毁容"的现象。所以，除了科学洗脸和适度使用洁面用品和化妆品外，还可以学习"穴居生活"自然养颜的方式，过着平淡而朴素的生活，不要过于承担精神上的压力，注意身体的保养，保持适度的体育锻炼，这也是养颜的秘诀。

养颜，还得注意饮食方面，这也是正在流行的学习穴居人生活方式的一项内容。或许真的少吃点油、精糖、精盐、乳制品，多吃些鱼、水果、蔬菜、坚果和野味，能够让皮肤变好，养颜收效。

当然啦，学"穴居生活"养颜是否可取，还望自己拿主意。

雅集与夜话

　　作为文人雅士们议论学问或吟咏诗文的一种集会形式，雅集经历过漫长的历史。有资料记载："雅集"一词源于北宋年间中国文化史上著名的"西园雅集"，即苏轼、苏辙等人会于驸马都尉王诜府邸西园，写诗作文，品茶寻韵，其言行诗文之雅为一时之盛况。文人雅士聚会由此被称为"雅集"。然而，进入现代社会后，雅集渐渐淡出人们的生活，几乎很少有类似的活动。意想不到的是，最近几年雅集又在一些城市频频出现，开始成为现代志趣相同者或某些社会团体的聚会形式。

　　近几年出现的雅集活动，相比于古典意义上的雅集，其内容和形式都发生了很大变化。从内容上说，更加宽泛了。除了传统意义上的议论学问或吟咏诗文外，更多的是因为讨论某个主题或者为了搞一场特别意义的活动。具体涉及诗文、琴艺、书画、茶道、美食、武术、中医养生、戏曲艺术、陶艺鉴赏等，还有一些社团组织的年度性答谢活动和专业人士的文化集会。从形式上说，更加社会化和现代化。它不完全属于少数精英的活动，而是共

同爱好者的社会性活动。虽然雅集时参与人员不一定很多，但社会属性明显，开放性的迹象增多。同时，雅集活动还会运用一些现代化的科技手段，如网络技术、视频音响等。

特别值得介绍的是，现在大家白天都要上班，往往雅集都会安排在夜晚举行。所以，雅集活动自然就与夜话联系在一起。参与者一边品茗、闻香，一边在夜幕下以夜话形式进行对话。"夜话场"容易吐露真情，大家在明理、崇德、悦性、雅趣氛围里表白心迹，收获感悟。

组织雅集活动，一要选好主题内容。准备一些相关的文字或视频资料。二要落实好场地。最好是选择文创园等具有文雅气质的地方，并做适度布置。三要邀请有共同爱好的活动嘉宾。如果需要还应确定主旨发言者（夜话主持人）和相关艺术表演者。当然，在人员邀请和议程方面不能过于程式化，否则就会变成了开会。雅集的特点就是平等轻松，以文会友。

出席雅集者，应该对活动主题有所了解，别因自己的"无知"影响大家的雅兴。既要认真聆听和学习他人的学识与精湛艺术，又要主动表达自己的见解并展示自己的才艺，尽量让自己在参与雅集活动中感受中国文化的博大精深，提高自身雅致清逸的精神境界。

在书店歇宿

　　人们总是喜欢说"要么读书，要么旅行，精神和身体必须有一个在路上"。如果在你的旅途中住进了书店，那么，就有可能精神和身体都在路上了。最近，这种现象来到我们的现实生活，一些书店不再单纯卖书了，居然开辟了住宿的功能。于是，住在书店便成为当下的一种时髦。

　　在网络书店大行其道的今天，受到重创的纸质书店悄然经历着一场变革。它们从单纯的书店，逐渐让位于一种类似于综合性的图书会所。书店里不仅有图书，也有供读者休息交流的咖啡吧、茶吧，还有各类的培训、讲座等功能。事物的发展并没有因此结束，眼下的部分书店还演变成"书店＋旅店"的经营模式，刮起了一阵新的住宿时尚风。

　　《中国旅游报》发表过一篇题为《住在书店，让精神落脚》的文章，介绍了北京、上海、南京、杭州、扬州、武汉、厦门、泉州等地的 10 家实体书店加入一项名为"城市之光"的计划，开始向游客敞开住宿的大门。文章开头用唯美的文字作了这样的描述："一缕书香，一盏明灯。出门游玩一天，晚上回到住地还能在书海里徜徉，享受'精神上的旅行'，末了拥书而眠……"据说，目前这些书店兼营住宿业务后，效果挺不错。打开小猪短租网就能见到"住到书店里，书海中入梦"的标题，并介绍如果你是个背包客，可以选择直接在单向街书店、南京老洋房、城墙书会里安营扎寨；如果你是个文青，大可以选择扬州书店的古琴房、厦门书店的阅读房抑或上海淮海路上精致的二手书店。书店住宿的生意不错，有的书店的住宿都被预订到半个月以后。入住的客人除了住宿外，还会购买书籍和文创产品，增加了书店的综合收入。

全国经营住宿的书店正在形成书店住宿网络,期待有更多的人到书店里过夜。

可以想象,客人愿意入住书店是有些道理的。因为,与书共眠会有不一样的住宿体验。在书的海洋里,一边休息一边阅览自己喜欢的图书,是一次精神的盛宴,是一种与众不同的住宿过程。特别是为爱书的人提供了一次难得的精神上的旅行,在浓浓的书香中感悟生活的高雅和美妙。

事实上,类似的情况多年前就在不少的民宿和主题饭店出现。有的民宿兼具了"书店"的功能,它们在客人住宿的地方陈列了许多有价值的书籍,当你入住民宿时,同样能够与书同眠。也有些特色文化主题饭店,突出了图书文化的主题特色,入住的客人可以在歇宿的时候,与书紧密接触,体验美好的住宿方式。

找个农庄干活

农庄，原本指包括建筑物在内的农场，或者说农村的庄园。主要靠种植、养殖等生产劳动获取收入。不料现在农庄却成了供游人参观、吃饭、住宿，特别是农作物耕种、收割、采摘等农耕体验的场所。时下各地为都市人提供"干农活"的农庄不断出现，找个农庄干活也就自然而然地成为人们体验农村、农业、农民生活的一种时兴的事情。

去农庄干活的理由有许多：

怀旧情感的驱使。人有时候是活在回忆里的，一点不假。相对上了年纪的人，回想起自己曾经在某个地方当过农民，或在乡下生活过，若干年过去了还会常常想起那些地方和"泥土芬芳"的年轻岁月。于是，找个农庄再一次去体验和接触自己曾经有过的经历和事物，回到久违的场景，重温那段岁月，回望走过的历程，从中可以忆想往事。不管那些往事是幸福还是苦涩的，

都会为岁月的路添加生活的色彩，积累些许的沧桑与坚强，犹如又喝上一杯浓烈的美酒，显得人生更为酣畅而丰腴。

为了一份亲情与关爱。农庄里所拥有的田园、农作物、农具、农舍……对于今天十分注重子女教育的年轻父母们来说，是让孩子了解和体验乡村生活十分难得的机会。所以，农庄便成了孩子们潜移默化教育的好去处，亲子游热门的地方。一到周末，一家人跑到附近的农庄，体验农业种植、果蔬采摘、花木培育等，让孩子见识更多的事物，并在干农活的过程中增加亲情，感受家庭的温馨。

静享田园生态生活。都市的喧哗和工作的劳累，人们奢望着能够找个空气好、环境天然优美的地方过一下日子。以田园风光见长、生态食物丰富的农庄，自然受到人们的青睐。在发散着清香的土路上散步，在花田前拍照留影，吃顿生态农家饭，下地干一些自己喜欢的活，都觉得是一种享受，感觉惬意无比。

寻求"私人农庄"的那份"奢望"。在乡村田间有处小领地，竟成不少人的期待。一些农庄推出的小块地租种，受到不少家庭的积极响应。租下农庄里几个或几十个平方水田或是果园，一家人自己种植，所种的庄稼自家食用，大有私人农庄主的感觉。既体验了干农活的乐趣，又吃到自己种的生态有机食品，感觉幸福满满。

去农庄干活确实有太多的理由，所以也就无须理由，想去就去吧！

走扁带

　　我们往往惊叹于走钢丝的精湛技艺和惊险表演，想不到现在又来了一个走扁带的新运动，而且喜欢它的人在渐渐增多。

　　走扁带，是指行走于固定在两点之间的扁带之上，保持身体平衡，并展示各种技巧动作的运动。这项运动的要领在于平衡，所以它是一项独立的极具挑战的运动。国内到现在真正了解走扁带运动的人还是少数，而专业走扁带的人在国内也是凤毛麟角。大概在 2005 年左右，一些攀岩爱好者才接触了该项运动，并开始学习走扁带。不过，走扁带运动会逐渐进入人们的视野，玩的人慢慢多起来是不可避免的。因为，该项运动具有体验平衡感的乐趣，能够获取"新潮"的精神满足。

　　走扁带运动所使用的织带有好多种型号，如 25 毫米宽、3 毫米厚、破断力在 1500 千克，这种是适合熟练的人使用的花样型走扁带；又如宽度 50 毫米、厚度 3 毫米、破断力 4000 千克、一般适合于初学者；再如宽度 50 毫米、厚度 1.7 毫米、破断力在 2500 千克，适合女士使用，等等。

　　走扁带运动，对于初学者来说一般是将扁带架设距离（起点到终点距离）定在 4-6 米，这样距离不长可以控制左右摆荡幅度。高度平行地面约 0.5-0.7 米高，可以保证整个身体重量（踩或坐）压在扁带中间点位置扁带不至于碰到地面，也就是说这样在走到扁带中间有些上下起伏也不会碰到地面，同时能够保证初学者的人身安全。需要提醒的是走扁带一般不穿鞋，赤脚在上面走。如果要穿鞋，必须选择合适的鞋，否则容易扭脚掉下扁带摔伤。

　　初学者应该在短距离且较矮的扁带上，由易到难地学会一些动作：

　　站立——站立是学走扁带的第一步，先要学会站立才能在扁带上动静自如。

　　坐起——即从扁带上以坐姿稳定后站起。可以将扁带离地高度上升一些，把坐起作为比较理想的起步方法。

　　倒走——扁带上不回头向后走。

　　转身——扁带上转身是一项重要的基本技能。一脚在前横踩扁带，身体迅速转，前脚变后脚，重心迅速转换是动作的要点。

　　跳上扁带——从地面上跳上扁带，一般略为助跑，一脚踏上扁带，后脚跟上，迅即调整平衡。

　　经过不断练习，再慢慢地学会在扁带上跪、躺等多种姿势，然后将各种动作连贯形成套路进行表演。熟能生巧，当初学者成为高手时，就能够在扁带上做跳起落回扁带、扁带上"冲浪"等十分动态的炫酷动作，仿佛就像是在扁带上起舞。对于专业的高手，还能够进行高空走扁带，但要注意安全保护，系好安全带。对高空扁带的设置一定要很专业，确保安全有保障。

走上滋补旅途

　　滋补，就是滋养补益的意思。过去人们习惯去买点滋补品或药材在家里吃，可最近几年有了更加新潮的方式，即把滋补和旅行结合起来，许多人背上行囊去那些出产或生产滋补品的地方，一边旅行一边接受现场滋补调理。

　　由于滋补的东西很多，诸如阿胶、冬虫夏草、燕窝、人参、鹿茸、灵芝等都是。所以，世界上有众多滋补品产地和生产加工基地、工厂，它们都可以成为滋补旅行的目的地。与此同时，为迎合人们消费习惯的变化，这些产地和厂家也纷纷拉起养生旅游的大旗，加快建设旅游基础设施，研发旅游休闲养生产品，甚至专门设立组织机构为与日俱增的养生游客服务。

　　走进山东省东阿县东阿阿胶股份有限公司，游客可以参观阿胶博物馆、东阿黑毛驴繁育中心、东阿阿胶城和东阿药王山等，体验养生旅游的乐趣。

这里已经是国家AAAA级旅游景区、国家级非物质文化遗产生产性保护示范基地、全国中医药文化宣传教育基地。公司生产的阿胶块、复方阿胶浆、阿胶糕、阿胶金丝枣等，均为滋补养生佳品。作为东阿原产地的大型企业，公司专门成立了东阿阿胶旅游养生分公司，着力打造现场滋补养生的品牌。2013年建成的贡胶馆，将互动和体验作为重点，游客可以到太医院由国医大师为之义诊，提供滋补养生方面的咨询及服务。去东阿一趟滋补旅行，把看风景和了解阿胶生产过程以及体验阿胶购买、食补、医疗等全部搞定，这样的滋补旅途确实值得我们去亲身经历。

类似东阿阿胶这样的滋补旅途和线路有许多，像去吉林长白山体验人参滋补之旅、印尼和马来西亚体验燕窝滋补之旅、西藏和青海体验冬虫夏草滋补之旅、宁夏体验枸杞滋补之旅，等等。但是，要提醒大家的是，务必选择适合自己身体滋补的目的地，不可盲目踏上不属于自己应该去的滋补旅途。

随着人们生活水平的提高，特别是对于健康的重视，滋补养生旅行的队伍正在不断扩大。各地旅游机构都在抢抓机遇，培育滋补型的旅游产品和目的地。当地政府和企业也会适应形势发展，尽快完善软硬件建设，尽量满足客人的需求。未来滋补旅行总的趋势将朝着"疗程式度假"和专业化机构帮助量身定制的方向发展。

穿旗袍逛古城

　　曾经一度淡出人们视线的旗袍，现在又流行了起来。当然，时下女子穿旗袍并不相似于二十世纪三四十年代在平常生活中穿，而是作为一种生活体验，甚至是对怀旧情绪和服饰艺术的追求而穿的。特别有意思的是，穿旗袍者喜欢跑到古镇、古堡、古城里去穿。在我国许多的古镇或是古城堡里，正兴起一股穿旗袍逛古城古街和穿着旗袍依着古门古墙拍照的新潮。

　　也许，上述情景的出现，有人们情感的因素，也应该有社会发展的原因。但不管怎样，女子穿旗袍逛古城，确实是一道亮丽的风景线，更是我国妇女业余休闲生活的一种新风尚。

　　旗袍，有专家认为源头可以追溯到先秦两汉时代，但严格意义上说旗袍形成于二十个世纪二十年代。它是中国悠久服饰文化中最为绚烂的形象和款式之一，曾被确定为国家礼服。二十世纪五十年代后，旗袍在大陆渐渐被冷落。大概到了二十世纪八十年代以后，随着传统文化被重新重视，特别是影视传播、时装表演等活动带来的影响，旗袍再次引起人们的关注和青睐。国务院于 1984 年将旗袍定为女性外交人员的礼服。尔后，我国举行的亚运会、奥运会以及国际会议、博览会等，都选择旗袍作为大会礼仪服装。2011 年 5 月 23 日，旗袍手工制作工艺列入国务院批准的第三批国家级非物质文化遗产名单。

由于旗袍具有其独特魅力，加上人们对历史精华服饰的情感认同，所以，现在越来越多的女子希望有机会穿一下旗袍，找寻一下典雅的美感，实现自己的怀旧体验。

正因为是怀旧体验，所以需要找到一个有旧时环境和氛围的地方。于是，古镇、古堡、古城便是最好的去处。况且，中国还保存着不少原汁原味的古镇、古堡、古城，里面那些年代久远的老街巷、古建筑，仿佛就是为穿旗袍的人建的。当穿着绚丽醒目旗袍的女子，穿梭于古街道古建筑的时候，那种充分体现东方含蓄优雅之美的场景顷刻展现。这是风情，这是画作，这是穿旗袍女子自信的美丽展示，这是中国古建筑美学的极致表现。这个时候，如果能够留下一些照片或视频资料，想必大家都十分期待。所以，到古镇、古堡、古城穿旗袍拍照，也就成了一件十分时髦的事情，且有效演变成到古镇、古堡、古城旅游休闲的项目。许多的古镇古城堡里面开了不少的旗袍店、照相馆，有的还同时提供餐饮、住宿服务。一次缴费，就可以挑选自己喜欢的旗袍去逛街、游览拍照、包吃包住。

当今社会妇女的闲暇时间多了，尤其是"有钱有闲"的中老年妇女，穿旗袍逛古城真是不错的休闲选择。

画在建筑上的风景

网上流传云南丽江古城区七河镇有个"彩色村庄"——金龙村，宛如世外童话般美丽。它隐藏在深山坝子上，村里所有的建筑都涂上不同颜色并画上图画。远远望去，五彩斑斓的建筑，交相辉映，绚丽多彩；走进村庄，每栋建筑都有不同的画面和故事，令人流连忘返。这个村的村民还有种植玫瑰花的习惯，上千亩的玫瑰花海甚是美艳诱人，和建筑上的图画共同构建成一道迷人的风景。

画在建筑上的风景，已经成了中外许多地方营造环境、打造艺术风景村落和发展旅游休闲业的新玩法。它们改变了传统村落仅依靠山水自然景观或特有历史建筑风格吸引游人的格局，让那些缺乏这方面资源的村落也可以通过"艺术再造"，运用各种色彩、3D 艺术画、个性化涂鸦等在建筑和道路上的展现，创造出全新的一种具有异常格调的风景村落，把一个不为人知的地方一下子玩出了大名声，成了新的旅游吸引物，达到招徕游客，发展经济的目的。

目前国内外"画在建筑上的风景"较为有名的地方有：

意大利威尼斯的 Burano 彩色岛，因为地

方政府规定居民每年要刷一次房子的外墙，于是每家每户都把自己小巧玲珑的房子刷得五颜六色、色彩斑斓。当这些色彩房子和清澈的小河、色彩明快的小船凑在一块的时候，小岛就变成了童话世界，美得让人陶醉。

智利阿空加瓜区的瓦尔帕莱索，距智利首都圣地亚哥约130公里，是一座名副其实的临海山城。这里不论是酒店、商铺，还是民居，每家每户都将房屋的墙壁、屋顶涂满颜色，还有各种艺术涂鸦，显得尤为鲜艳夺目，被人们称之为"好色之城"，吸引了许多人前往参观。

江苏省南京市江宁街道董家村，地势北部高南侧低，视野开阔。村庄被周边舒缓的坡地环绕，有山有水，环境优美。2014年全村借"重点村整治"的契机，房子全部进行彩绘，村庄被绚丽的色彩填满，走在其中仿佛穿梭于童话世界。

浙江省浦江县罗源村，围绕"本土"、"时尚"、"亲子"、"田园"四个主题，让一幅幅栩栩如生的3D艺术画跳上农房墙壁和稻场，把村庄装扮成了建筑画的世界，像一幅巨型的风景画镶嵌在绿水青山间，真是美得不得了。

我国首批国家5A级旅游景区雁荡山的旁边，就有一批风格独具的时尚旅游"俏村落"，其中万东坑村依托山地错落有致的民房建筑，有选择地在民房外墙绘上3D卡通壁画，加上古道、古树、古墙等衬托，使得一个十分普通的山村脱胎换骨，成了开发中的旅游休闲景观村落。

集装箱度假村惊艳亮相

　　曾经的集装箱只是专供周转使用的大型装货容器，但当初它的问世也算是一件伟大发明，改变了世界货物运输的历史，实现全球范围内的船舶、港口、航线、公路、桥梁、隧道、中转站等多式联运相配套的物流标准化。随着我们这个时代创意产业的发展，集装箱的命运也悄悄发生变化，它的用途逐渐多样化了。先是经过适度改造，作为工地上的临时用房使用。这几年集装箱开始进入旅游行业，一些地方用它打造景区、度假村的咖啡店、礼品店、厕所等，进而开始经过专门的设计规划后，一些地方出现了用集装箱建设的度假村（营地），成为受人欢迎的休闲度假目的地。

　　集装箱度假村（营地）的出现，源于它有一定的优点。用集装箱打造度假村（营地），前提是它从装货的容器变为建筑，而集装箱所具有的移动性、时尚性和环保、低碳、节能、工期短等优点都是建筑所追求和需要的，也是投资方所期待的。特别是在现代科技的作用下，集装箱建筑可以有效地配置太阳能、风能、地热膜等，实行污水生物分解、中水循环利用等技术，使得集装箱度假村（营地）在投资少、建设周期短的情况下，

能够打造出既时尚又绿色节能的度假村和营地。

当然，集装箱度假村（营地）必须选择好的地理位置和环境，还需要大量的创意设计，才能够吸引消费者，成为真正意义上的休闲度假产品。从目前世界上已经有的集装箱度假村（营地）项目来看，它们都选址在环境十分优美的地方，且具备高端的创意设计。从环境选址的角度来说，大多会选择在海边、江边、湖边、山坡上，依山傍水，亲近自然。并且要求既交通便利，又能闹中取静。对于集装箱度假村（营地）创意设计方面来说，各地不尽相同，但也有些共同点。比如，在空间布局上尽量把集装箱的集聚式利用和周围环境资源的借景利用相结合；在室内设计上会充分考虑多功能的综合运用，并考虑其室内用具的收纳功能；在色彩上尽量采用艳丽的颜色去弥补集装箱本身的标准划一及"冰冷气色"，力求增加别样美感，吸引消费者的眼球。

刚刚开张的山东翼云湖旅游度假区"柜族部落"，就是一处挺有创意的集装箱度假村，他们用20尺的标准集装箱打造迷你小户型度假屋，物尽其用的设计思维体现了集装箱的多样性，整个设计和谐自然。像室内设计结合多功能床、多功能沙发的收纳功能，让空间得到了比较合理的利用。泰国北碧府的X2桂河度假村，也是用集装箱建设的。它不仅可观赏湖边美景，而且每个房间都能欣赏到田园般风光。特别是在创意和设计方面独具匠心，将集装箱融入简约时尚的建筑元素中，借以延伸集装箱建筑的实用功能和美感特征，深受人们的喜爱。

旧货店的旅途时光

　　每位旅行者对于旅途中的时间支配不尽相同，因各自的爱好与兴趣使然。最近几年，有不少旅行者把旅途中的时光耗在旧货店里，让自己的旅途与二手文化相伴，一次一次地从一个地方到另一个地方寻找旧货店，有滋有味地把到旧货店里淘旧物件作为出游的目的之一。

　　旧货，并不是低廉废旧的代名词。从二手文化解释，更多的是含有典藏意义。有的旧物件如同陈酿，越久越够味儿，越旧越有价值。正因为这样，在盛世收藏的今天，旧货店成了许多人的喜爱和向往。

　　那么，旧货店怎么会跟旅游走得这么近？这是因为不同地方的旧货店里摆放的东西都不一样，而旅游的基本套路就是从一个自己熟悉的地方跑到另一个陌生的地方，这刚好符合人们有机会到陌生的旧货店去淘得自己喜欢的旧物件的期待和欲望。所以，越来越多的人通过旅游的形式，实现去旧货店淘宝的愿望。

　　愿意将旅行途中的时光置放在旧货店里的人，他们一到新的旅游目的地，就开始四处打听有没有符合自己胃口的旧货店。一般每个地方都有旧货店，包括古玩市场和专门卖某一类精品旧物的商店。对于初来乍到的外来旅行者，这些旧货店自然会引起他们极大的兴趣。

　　摆放在旧货店里的古董项链、早期的茶具、已经停产的世界名牌鞋服皮包、精美的旧饰品、旧木家具、老牌手表、老款相机、老式收音机，等等。它们散发着久远的年代感，都是难以寻得的历史物件，在等待着有缘人将它们带走。其实，到旧货店不只是简单地买下某个旧的物件，更重要的是对旧货店的欣赏和对每一件单品所隐藏的旧故事的解读。用旅途的时光，寻觅到自己心爱的旧物件，那是一份幸运，也是冥冥中的一种缘分！

　　旅行途中去旧货店淘宝，是快乐的事情。不过，有必要事先做一些功课。比如，对自己比较喜欢的某类旧物件，要查阅一些资料，增加相关的知识。对即将去的旅游地的历史文化应事先有所了解和研究，以便于能够寻找到有地方特色的旧物件。出门除了带足钱，还应该随身带上坚固一点的行李箱，好保护你从旧货店淘到的东西，在旅行途中不受到损坏。

旅行学艺

　　如今学艺并不完全为了谋生，也是旅游休闲的一种新形式。于是乎，"旅行＋学艺"成为新潮，世界各地冒出了不少旅行学艺的地方，吸引着无数爱好学艺的旅行者。

　　把学习某门技艺和旅游休闲活动结合在一块，是因为人们不满足于单一观光式的旅行，而是追求旅行与学习、生活方式的相融合，诸如旅行和体育运动、美食体验、艺术欣赏、学术研究等融合，其中旅行和学艺融合就是一种颇受人们喜欢的形式。

　　由于旅行学艺消费群体不断扩大，各地的旅游景区（旅游目的地）纷纷增加了为游客提供学习技艺的活动项目。同时，一些原来以学艺为主的教育场所也改弦更张，注入了旅游休闲的元素，为学员和游客提供了边学技艺边旅游休闲的各种服务。

　　可以想象，去一个喜欢的地方，学一门向往已久但从未实践过的技艺：一项运动、一个菜系、一门艺术、一种绝活等，在收获的喜悦中享受充实的旅途生活，这是何等的欢悦！

　　世界上旅行学艺的地方愈来愈多，择其要介绍几处：

　　法国是这方面发展比较好的

国家，游客可以在法国的许多旅游地按自己的兴趣爱好自由选择某项技艺，学习制陶、纺织、雕塑、淘金、织壁毯、吹制玻璃器皿、葡萄酒自酿等技术，在游览美景的过程中掌握一门技能。法国旅行学艺的具体收费标准，要视学艺内容和时间长短而定。

印度北部的瑞诗凯诗，堪称世界瑜伽之都。在这个人口不到 7 万的小城里，有 100 多家瑜伽学校，成千上万不同肤色的瑜伽爱好者不辞辛苦赶到这里，寻找他们心灵中的至纯之地。人们在学习瑜伽的时候，有机会走近恒河这条神圣的河流，看看河边那些虔诚的瑜伽师和圣人沐浴祈祷的场景，这样的旅行学艺显得格外灵性而脱俗。

意大利威尼斯是著名的旅游城市，到这里旅行度假可以借机学习手工制作玻璃制品。这边的玻璃制品历经了千年的发展，在欧洲传统手工业中可谓独树一帜。出产的玻璃制品纯净剔透，堪与水晶媲美。特别是威尼斯北边的穆拉诺岛，面积仅 1.5 平方公里，却汇集了威尼斯顶尖的玻璃手工业者，游人不但在此观赏到美丽风光和各类精致玻璃艺术品，还能近距离学习体验玻璃制造的过程。

泰国清迈属近些年热门的旅游城市，当地有许多泰拳学校，可以边旅行边学泰拳，包括热身与步法训练、单项攻击与防御训练、一对一格斗训练等。泰拳学校课程设置灵活多样，每项训练都有专业拳师现场指点。学费不是很贵，一般半天时间 500 泰铢，相当于 100 元人民币。

幅员辽阔的中国，旅行学艺的好去处更是不计其数。比如，去景德镇旅行可以兼顾学习做陶瓷的技能；武当山拥有博大精深的传统文化，近年来吸引了不少外国洋弟子来旅行学艺，他们对道家传统武术十分入迷；潮汕地区的工夫茶是我国古老的茶文化之一，到此旅行不妨顺便掌握泡茶、烹茶的技法，定能在品饮工夫茶中体味自在人生的乐趣。

旅行中的"时光慢递"

人在旅行时容易产生情感的涟漪。比如，喜欢回忆过去的事情，特别想记录旅行时的场景，对于未来有太多的期待和向往，等等。于是，一种符合此类情感释放的"时光慢递"信件邮递方式，渐渐在旅行者中流行。

所谓旅行中的"时光慢递"，就是旅行者"写在今天，寄给未来"的信件邮递方式。具体说，旅行中的一些人，因为某种情感因素使然，在旅行途中的某时某地，写下一封信或者明信片，投存于有做此类业务的邮局或慢递公司，等过一段时间（几个月、几年、几十年）再投递给自己或者他人。写信者一般会在信里描写自己旅行的所见所闻，当地的风土人情，包括触景生情后的心灵感受和对于自己、家人、朋友的未来式问候和期待等，内容没有什么特别的规定，可以自由发挥。信写毕，将其封好，并在信封上注明意愿投递的具体日期。邮局或慢

递公司会把信件保管好，等到写信人意愿投递的日期到了，就把信件投递出去，这样原先在旅行途中写的信件，就如愿地在未来的某一天抵达受信人的手中。当然， 旅行中"时光慢递"的形式也在不断翻新，像有的旅行者开始给未来邮寄旅游纪念品、礼品等一些实物，有的给未来慢递旅行时的一些录音、视频资料等。

旅行中的"时光慢递"，无疑给旅行者的出行增加了乐趣，也会为将来回顾自己旅行经历或者让别人分享旅途时光提供缘由与素材。如果你把现在旅行中故事写进信里，若干年后当你对这段旅行记忆开始模糊的时候，收到自己以前寄来的信，你除了欣喜外，还可以找回那曾经的记忆；如果你将信寄给一起出行的旅伴，未来他（她）收到你的信一定会想起与你同行的点点滴滴，重温旅途中建立的友谊；如果

你把信寄给一起旅行的恋人，经过时光的慢递，也许当收到信的时候你们已经结婚，甚至有了孩子，那时候回味当初的旅行该是多么的甜蜜！

在我们这个时代，生活节奏的加速和网络通信的日益发达，人与人之间利用书写方式进行的交流越来越少，而旅行中用写信或寄明信片的方式进行"时光慢递"倒是别有情趣，也是一种不错的怀旧之举，值得尝试。

有意思的是，在追求效率和速度的今天，按理说信件投递应该是越快越贵，可是"时光慢递"居然是越慢越贵。一般一年内寄出的邮费5元，一年以后寄出的邮费10元，两年后寄出的就要收15元，时间越长邮费就越高。所以，赚钱的事情有人做，现在各地做"时光慢递"生意的邮局或慢递公司渐渐增加，为旅行中的"时光慢递"提供了方便。

旅途中你收集了什么?

一个人的一生会有许多次的出行,在出行的途中你是否有想过要收集点什么,以此作为人生旅途中美好记忆的标本,或是透过收集的东西去品读它们背后的那些传奇而有趣的故事?

在我们周遭就有不少有收集癖的旅人。他们或收集世界各地的城市地图,或收集宾馆的信笺、信封,或收集机场的标签,或收集景区的门票,或收集各种玩物和纪念品,或收集世界各地地标建筑的照片,或收集不同民族的家庭生活场景照片,或收集全球各地商贩吆喝叫卖的录音,或收集一路上具有代表性的故事和传

说……

　　乍一听，对于旅途中收集这些东西有点不可思议。但对于一个行者和有收集爱好的人，却有着精彩的一面。行者，不应该只是从出发地到目的地的简单行走，更应该是沿途美好事物的观察者、欣赏者、思考者和收藏者。能够在旅途中有意识地收集一些自己喜爱的东西，那才是身与心同行的旅行。哪怕是一张小小的、薄薄的宾馆信笺，都代表着你住过的这家宾馆的历史和企业文化，它可以让你在未来哪一天重新拿出这张信笺的时候，或许就会唤起你对曾经那段旅途时光的回忆。如果你在每一次旅途中都收集了住过宾馆的信笺，那你的回忆和想象空间将是何等的广阔？这些回忆和想象犹如一颗颗星星，布满无际的夜空，或远或近地闪烁着遐想的光芒！如果你旅途中收集了各个城市的地图，不管后来和其中的哪座城市距离多么遥远，都可以随时翻开眼前的地图，去探寻这座城市的大街小巷、江海湖泊。你要是重复去过同一座城市，前后收集到的两张地图也许就会有些变化，从中就能够探视

到这个城市的变迁。想想，这样的旅途收集不是挺有意义吗？

前不久，一本杂志介绍了一位荷兰旅行者、摄影师 Jan Banning 专门收集世界各地办公室里有意思的瞬间趣事。他和朋友用了 11 年时间走了玻利维亚、中国、法国、印度、利比里亚、俄罗斯、美国、也门等国家的许多办公室，用镜头收集了一张张"各国办公室的形象"的照片，形成了"钻进各国办公室"的主题收集系列：有一贫如洗的办公室，在里面办公的人已经几年没有领到薪水了；有打理得井井有条的市长女秘书办公室，在这间办公室里她每天至少工作 12 小时……

Jan Banning 认为，深入到那些公职人员的办公室里，你能收集到一个个庞大国家机器里有滋有味的运转细节、官方的审美情趣和不同文化习俗的鲜活形象。Jan Banning 还准备将办公室采集的内容上升到对社会人类学方面的探索。

旅途中的收集，也许是为了闲时把玩，或者满足个人的兴趣。可是，我们不能小看它的作用。收集癖的旅行者，他们会在自己所收集的"小空间"里发现大世界的无限精彩。

买条鱼作画

　　鱼是最古老的脊椎动物，几乎栖居于所有的水生环境。对于每个家庭来说，鱼和日常生活密切相关，鱼肉所富含的蛋白质等营养对人的体力和智力发展作用巨大。所以，滋味鲜美的鱼就成了餐桌上的常客。可是，鱼竟然还用来作画，甚至是一项雅致的休闲方式，这是许多人意想不到的。

　　用鱼作画，术语表述为鱼拓。是一种将鱼之形象用颜料或墨汁拓印到纸上的艺术。虽说鱼拓艺术在我国早就有之，目前日本等一些国家也有不少人从事鱼拓艺术的创作，但都过于专业。

我们这里介绍的是草根式的鱼拓作画技法，作为生活中的乐趣和爱好走进寻常百姓家。其实，普通人买条鱼作画，这是还原和尊重鱼拓起初"垂钓者记录钓上的大鱼的实际尺寸，并留作纪念"的原创精神。

　　买条鱼作画的基本步骤：

　　第一步，买条自己喜欢的"美人鱼"。鱼的形象直接关系到画的质量和美感，所以跟平时到菜场买鱼标准不一样，美是唯一的标准。至于买什么样的鱼，就看你自己喜欢。

　　第二步，作画前准备。把鱼的表

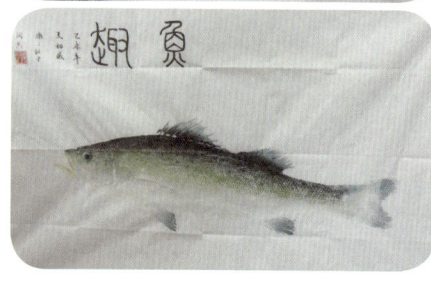

面洗干净（不要去鳞片，保持鱼的整体性），平放到案板或木板上（有条件的可以使用泡沫板，按鱼的形状将泡沫板挖出下陷空间，以利于固定鱼体）。接着用布吸去鱼表面的水，将其摆成需要的姿势并整理好鱼鳍，再用纸塞入鱼的嘴中使鱼的形体更加挺括。

第三步，涂色。按照鱼身上的颜色调制色彩不同的颜料（也可以用浓淡不同的墨汁），拿刷子或毛笔在鱼的不同部位涂上不同的颜料（墨汁）。

第四步，拓印。用宣纸或高丽纸（一般用白色的）铺在涂了颜色的鱼身上，紧接着均匀地按压、拍打、用刷子刷，尽量使鱼身上涂的颜料（墨汁）拓印到纸上。然后，轻轻地将纸揭起。

第五步，修饰成画。先用画笔描画出鱼的眼睛，再根据个人的爱好在鱼的边上画上一些水草什么的，最后题字落款、装裱成画。

一幅鱼拓画就这样出来了！你看，栩栩如生的鱼，仿佛浮游水中；独特别致的画面，充满清韵之美。

看似自己玩出来的东西，没有艺术家的鱼拓画那么名贵，但它更加暖心。因为，这是自己凭借一种雅致的生活态度"玩"出来的画作——鱼是自己挑的，画是自己拓印的，更关键的是眼前这幅鱼拓画是独一无二的。

不是吗？唯一性才算得上珍贵！

我们期待，有更多的草根玩家进入到买条鱼作画的行列。

瞧瞧下水道风景

　　人们习惯于把下水道视为排除污水和雨水的地下通道，它自然也就成了脏与臭的代名词。可是，近来世界上一些地方居然把城市下水道打造成旅游休闲的好去处。英国布赖顿市当地商会一致投票赞成本市的下水道为"最佳旅游地点"，他们认为这个城市的下水道是维多利亚时代工程和建筑的代表作，其魅力超过了别的景点。

　　对于下水道旅游，大家的认识不太一致，有的地方还围绕下水道能否作为旅游景点展开讨论。其实，不能简单地说下水道旅游行或是不行，应该辩证看待，主要看是什么样的下水道。如果说管道狭小、脏臭严重，当然不可能成其为旅游休闲的地方。若是像世界上一些先进城市的下水道，宽敞整洁，工程优良，有着完备的排水和排风系统，作为旅游休闲业态更加多元化的今天，下水道旅游也未尝不可。

　　世界上部分城市的下水道具备了较好的旅游休闲条件。德国的下水道建设堪称一流，一般宽度都有四五米，游客下去旅游能感觉到它非常洁净，现代化程度高，甚至有专门的机器人帮忙维修；比利时首都布鲁塞尔前些年翻修的下水道博物馆，游客可以在宽阔的空间散步；法国巴黎可谓下水道旅游业的先驱，它每年接纳的参观者超过 10 万人次，更有意思的是巴黎下水道博物馆陈列了许多从下水道里打捞出来的物品——包括假牙、刀、剑、手提袋等；在奥地利首都维也纳，游客只需花 10 美元就能够游览下水道系统，真切地体验下水道里面的景致、气味和声音。

　　诱发人们去瞧下水道风景的原因很多，择其要有以下几个方面：一是电影、电视剧的宣传作用。长期以来，国际上许多电影和电视剧利用了下水道的场景，比如在下水道里展开追捕等，无形中改变着观众下水道只是排水管道的观念，意识到下水道还是一个充满戏剧色彩的可游览地方。二是游客对传统旅游景区产生审美疲劳，许多人也是因为猎奇心理的作用，情愿去下水道看看鲜为人知的东西。三是社会各界环保意识不断提高，把参观下水道作为倡导环境保护的具体行动，启发更多的人不做污染下水道的事情。

　　虽然下水道旅游越来越受到游客的关注，但总体上说成熟度还不够，特别是全球大多数下水道的硬件建设和配套设施还难以满足旅游休闲的需要。除了那些硬件条件比较好，安全可靠，并具有一定历史意义和建筑特色的下水道外，一般性的下水道开发旅游要慎重。好在现在许多城市普遍重视了下水道建设，尤其是实施地下管道共建共享后，对于今后的下水道旅游会是很大促进。

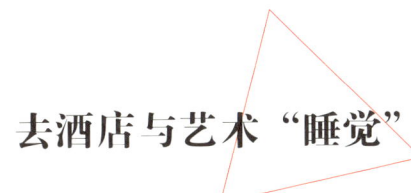

去酒店与艺术"睡觉"

　　时下，全球酒店模式正悄然发生变化。一种艺术型的主题酒店正在崛起，简称为艺术酒店。它们用丰富的艺术表现形式从头到尾装扮了酒店，集中凸显了某项艺术主题，吸引了艺术爱好者的目光，让人们有足够的理由入住酒店，与艺术"睡觉"。

　　艺术酒店，是在主题文化酒店的概念下衍生出来的。它除了具备酒店基本的吃住功能外，还可以为住店的客人提供另外一种服务——艺术欣赏与交流。比如，走进一家以美术为主题的酒店，仿佛进入了一家美术馆。也许大堂不大，但那

些富有艺术价值的美术作品即刻让人感觉走进了审美的殿堂。于是，艺术开始与你结伴：在有雕塑气质的总台前，办理好入住手续。沿着极具美术馆氛围的大堂吧前走过，所见到的桌椅、摆件、壁画都尽显艺术个性，俨然像美术馆里的珍品佳作。进入电梯，映入眼帘的是现代画家的色块抽象画，简约而有节奏感。出电梯去房间的走廊两边，挂着一幅幅山水画，并标有作者姓名和作品的售价。也许是一路走来美术作品的视觉冲击诱发了艺术激情，等到了自己入住的房间门口，这时候你的期待欲骤升，今儿要住的房间到底会是什么样的艺术布置？

房门开启，天啊，这哪里是咱们平时住过的客房？房间的四壁被大胆地涂上了浅绿色，家具都是美术作品的范儿，连用的水杯都是艺术品。夜幕降临，循着有点稀奇古怪的壁灯望去，相映成趣的是大幅的彩色油画，随即感觉一股油画的气息扑面而来。泡在浴缸中，欣赏着旁边色彩和谐、价格不菲的当代油画，那种感觉挺好。躺在柔软的大床上，随手从床头柜上拿过一本书，里面也是关于美术鉴赏的内容。当你关上灯，伴随你进入梦乡的便是住店后那些与你接触到的美术作品，

这一夜注定要与艺术"睡觉"！

主题文化酒店中的艺术酒店，除了上面介绍的美术主题外，还有陶瓷、雕塑等不同的主题。这些高品质的艺术酒店，还会展示一些价格昂贵的艺术珍品，客人有看上的可以买走，实现传统酒店模式与商业模式的结合。

对于爱好艺术的住客来说，住艺术主题酒店可以邂逅同路人，交流创作或鉴赏的感想。这种在酒店不仅与艺术"睡觉"，还和志趣相投者对话，此乃生活之大悦也！

收藏古船木

　　按理说从旧渔船上拆下的古船木，应该归入朽木的行列，不值几块钱了。可是，不知道从什么时候开始，它们又回到前世刳木为舟、劈风斩浪般的辉煌，被一批喜欢收购收藏和创意制作古船木的人捡废为宝，制成各种家具、艺术品和旅游纪念品，成了价值昂贵的东西又投放到了市场。

　　古船木与今天的人缘分不断，是因为它有着独特的魅力。喜欢玩古船木者道出了古船木重放光彩的理由：一是当年用以造船的木头都是"正料"，一般为门格拉斯、楸木等上乘木材。二是古船木经过特殊处理，材质特别坚硬，

不容易腐烂。三是古旧的船木留有一些洞孔或凿痕，还有出海捕捞时留下的划痕，显得特别有沧桑感，让人越发感觉韵味古老，喜爱有加。

最早用古船木做家具的是一批广东人，他们把古船木制成茶几、书架等拿到市场上去卖，想不到居然很受欢迎。因为，古船木改造的家具恰恰符合现代人崇尚环保、回归自然的潮流。

物以稀为贵。由于古船木用一块就少掉一块，收藏玩家们开始精打细算，利用古船木孔眼、纹路、木色各不相同的"唯一性"，经过精心设计，手工制作，创造出一件件独一无二的艺术"孤品"。于是，近几年用古船木打造艺术收藏品成了一种时尚，尤其是那些时间久远、保留原色、做工精良的家具和艺术品更是收藏的上品。

走进中国百岛之县——洞头，犹如世外桃源般的美丽。它不仅是全国首个以全县域命名的国家4A级旅游景区，而且是远近闻名的渔港。历史上洞头留下了许多的古船木，以前这些只是海边的垃圾，如今却成了当地创意产业的精品原材料。古船木创意产业亦成了这个海岛县产业发展中的奇葩，在全国独

树一帜。

在洞头一家古船木家具厂，陈列着一批用古船木制作的艺术物件：香案、茶具、耳机架、木灯具……每一样东西都是手工打磨制作，气质独特，古朴雅致，堪称富有怀旧经典气质的艺术珍品，远销到马来西亚、泰国、德国等地。

古船木的创意加工和收藏活动方兴未艾，未来给爱好这方面的人提供不小的交流交易空间。随着时间的推移，木渔船渐渐被铁壳船所替代，古船木也随之减少，用古船木制作的家具和艺术品其价值将与日俱增。

古船木正随历史的航船驶入"船"奇的航道，爱好古船木的你还不赶紧行动？用睿智和品鉴的目光去探寻古旧船木的前世今缘，演绎古船木再生传奇，收藏属于你的船木藏品。

团体微影族横空出世

　　这个时代新鲜事层出不穷。当我们刚刚体验了微电影带给大家的艺术享受时，因它而引发的创作微电影的团体微影族居然在全球蜂拥而上，横空出世。这是为什么呢？或许是信息技术的发展有了创作微电影的客观条件，或许是因为时效观念的变化使得人们喜欢微电影这样的"简约文艺"形式，或许是民主思想的个性张扬强化了大家想表现自己行为与思想的欲望。不管如何，为拍微电影而自发组织的微电影创作团队在全球迅速出现，这是不争的事实。

　　微电影就是微型电影，又称微影。它是指能够通过网络平台进行下载，

上传的视频短片。微电影的类型大致可以分为情感片、伦理片、产品直销片。由于投资小、短小精炼，受到人们的喜爱，并拥有广阔的市场。特别在旅游目的地的营销和宣传方面，有着得天独厚的优势和作用。

CCTV 微电影频道，在一些地方组织了微电影大赛，报名参加的团体微影族创作团队相当多。这些团队大多是一些爱好微电影创作的来自各行各业的年轻人。他们的团队中一般都有各自的分工：编剧、导演、演员、摄像、剪辑、录音等人员。有时候因为剧情和拍摄的需要，团队会变换个别人员。这里说的这些团体微影族是以业余为主的，他们以"大众玩电影"的形态，出现在我们的视野中。由于大伙走在一起，都是源于对微电影的爱好。所以，虽然业余，却多多少少具备一定的专业水平，甚至有的接受过专业院校的培训。当然，随着微电影的日趋成熟，专业的微电影创作团队也在不断地增加。

当一种事物具有普遍性的时候，竞争和挑战也就随之而来。目前，全世界涉及微电影的各类赛事比比皆是。比如，眼下较为流行的"极拍 48 微电影大赛"就极具挑战性。几十支国内外的团体微影族，在同一个时间通过抽签才知道要拍的剧情元素，并要在 48 小时内运用拍摄微电影的各种艺术表现形式，完成一部微电影从孕育、筹备、拍摄、制作到整体完成的全过程。

这无疑是对每个团体微影族的一次严峻考验，既要集中大家的智慧确定方案和准备剧本，还要发挥各自的专长优势，完成各自的任务。48 小时之后，将由专业评委会对他们每支队伍的作品给出评价和成绩。这样的比赛，显然竞争激烈，但团体微影族们却乐于接受挑战，表现出新生代年轻人难得的机灵和从容。经常参加类似的比赛，使团体微影族中历练出不少年纪轻轻的淡定哥和淡定妹。

世上的事情，并不都是年轻人向老年人学习。现在就有些中老年人开始效仿年轻人玩起了微电影，纷纷加入团体微影族的行列。可见，以团体为组织形式的微影族队伍还将进一步扩编。

寻婚之旅

瑞士一家旅游公司推出专为老年人寻找伴侣的寻婚旅游，希望老人们有机会在旅途中交上朋友，结成对子，此事成了当地热议的话题。其实，旅途中遇到知己并成就婚姻的事例比比皆是，也不只是老年人，凡单身者都有可能在旅游过程中遇到自己的另一半。新鲜的是旅游公司专门推出寻婚旅游，算得上是一种针对目标群体的主题旅游形式，确实有诱人的地方和发展的潜力。

婚姻是男女两性互为配偶的结合。不少人一时间找不到合适的配偶，是因为工作和生活的圈子比较小，缺少机会通过广泛社交活动遇到对象，久而久之婚姻一事成了老大难。而旅游不仅仅是一件开心的事，还是"从甲地到乙地的行进游览过程"，在这个过程中旅游者必定同不少人见面、认识、甚至相互了解，如果有合适的人经过旅途的相识相知，尔后热恋，就有可能建立婚姻关系。像这样在旅途中遇到了另一半，可真是一件挺浪漫的事儿。

旅游公司专门组织寻婚旅游，目的性比平常的旅游团队要强，往往会有意识地组织有寻婚需求的人共同组团出行，这样就为单身者创造了机会。组织一次寻婚旅游活动，旅游公司要精心筹划，周密安排，在出行线路和目的地的选择上要有利于"浪漫氛围"的营造，同时团队成员的年龄结构、出行方式等也颇有讲究。除了团队出行外，也可以按照寻婚者的个体需求，开展量身定制的寻婚旅游服务，以满足不同寻婚者的个性化、私密性等方面要求。

以寻婚为主题的旅游活动，组织者还应重视在旅游活动中体现"本心及真情实意"为核心的情愫注入，尽可能让参与者通过真诚地见面、富有情感意味的旅伴关系建立、目标式相约等饱含情愫的"经历"，获取寻婚的最佳环境和机会。德国波恩的森林寻婚旅游，在这些方面做得很有特色。让渴望寻婚且年龄相称的男性、女性自愿报名，把旅游地点选在大森林中，用新鲜的空气和优美的景致激发寻婚者浪漫的情愫，还要求大家展示自己的特长，自报家门并讲出找配偶的条件等，然后根据各自的情况进行编组，使他们尽快熟识。一旦两位男女擦出了爱情的火花，接下来就让他们在森林中自由活动，或搭建帐篷，或野炊，或钓鱼，或唱歌，或健身……引导其渐入佳境。

对于寻婚旅游者来说，亦应抱有"本心及真情实意"的意识，以大方、真诚、热情的形象出现在寻婚的途中，通过与目标者的认识、交流和相互了解，为下步关系的发展做好铺垫。

诚然，一次寻婚之旅并不意味着就一定能够带个爱人回家，如果没能对上号也属正常，就算是一趟生活中的平常旅行也不错，也许下次寻婚之旅就会遇到心上人。

影视旅游

现代人用在观看影视剧上面的时间不少。有的人因为看了某部电影或电视剧后，追着剧中所反映的事物和场景去旅游的热情更是让人惊讶，这是我们这个时代新有的一种现象。我们不妨将这种以电影或电视剧拍摄过程及剧中相关的事物场景为吸引物的旅游活动，称之为影视旅游。

喜欢影视旅游的人，大多被电影或电视剧的内容和情节所感动，也会因为被电影或电视剧里面的精彩画面所吸引。于是，觉得仅在影视剧的画面里看看还不过瘾，需要跑到原来的拍摄地或是情节发生地去"继续欣赏"，大

家带着观看后的激情和余热，背上行囊，踏上充满情感和视觉期待的一段别有情趣的旅程，这样的旅游还真是令人羡慕。

影视旅游，早在二十世纪八十年代就开始出现。当时电影《芙蓉镇》上映后，就在国人中兴起一阵因为《芙蓉镇》的旅游热。影片里的吊脚楼、石板路、老民居、河码头、小背篓……好一幅我国湘西土家族苗族自治州风情古镇的美丽画面，加上演员演技高超和剧情感人，确实震撼了无数观众。许多人就因为这部电影，去探访游历神秘的湘西。

随着影视剧的普及，特别是高科技的运用，近年来影视剧的画面质量不断提高，加上大众旅游消费能力的增强，影视旅游便更加成了热点。最近上映的电影《老炮儿》和电视剧《琅琊榜》的外景地都成为热门的旅游目的地。前几年《非诚勿扰2》上映后，使得海南三亚的旅游显得更热。一部《人在囧途之泰囧》带动许多人去泰国清迈旅游。因电影《无极》、电视剧《康熙王朝》和《还珠格格》而闻名国内外的外景地昭乌达草原也吸引了络绎不绝的游客。

由于影视旅游带来的"热效应"，很多地方抓住"影视事件"的机遇，大力开展影视旅游营销，使影视旅游风生水起。同时，影视拍摄地都十分重视旅游接待设施建设，提高服务品质，以吸引更多的游客。所以说，影视旅游业态发展日趋成熟，旅游者可以比较放心地选择影视旅游。

影视旅游也有些诀窍，主要是突出"热、情、思、乐"四个字。一要趁热旅游。就是刚看过电影或电视剧，对内容、情节、人物、景色都还历历在目的"热度"下，立即去外景拍摄地旅游，这样的影视旅游最有满足感。二要带着情感去旅游。要选择你有强烈情感共鸣的影视剧的拍摄地方和场景去旅游，否则就容易无病呻吟，造成索然无味的结果。三要结合影视剧的内容和现场的场景进行思考，甚至应该与研学旅游结合，在影视旅游途中增长知识和见识。四要突出"乐"字，尽可能从观看影视剧到实地旅游的过程中让自己愉悦，获取影视旅游的乐趣。

纸艺生活

　　最近在某城市举办的国际时尚文化创意产业博览会上，用纸制作的各种办公用具和艺术品备受关注，人们纷纷被那些用纸做成的书架、椅子、花瓶、灯笼等物件和琳琅满目的礼品、纪念品所吸引。平时都认为纸是一种片状纤维制品，软性易破，想不到眼前的"纸东西"居然如此坚实可爱。

　　纸，出现在我国西汉时期。它是汉族劳动人民长期经验的积累和智慧的结晶，也是对世界文明史的重大贡献。后来一直在世界各地被用于书写、印刷、绘画、包装等。历史发展到今天，纸的使用功能趋于多样化，各种围绕纸的创意层出不穷。许多人热衷于利用纸来装点自

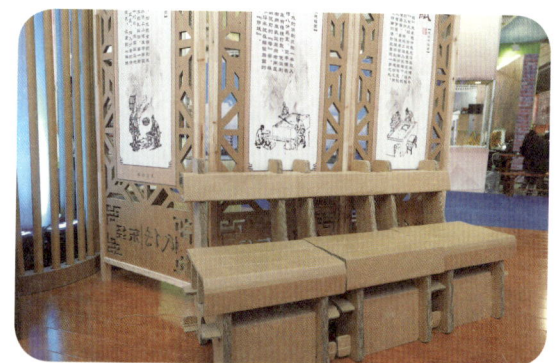

己的生活，"玩纸族"们制作和翻新出来的纸艺物品，正成了各地崇尚环保和创意生活的新内容。

在倡导创意办公的潮流下，"纸质办公室"全新问世。人们试着运用纸材料，设计和制作各类办公用具用品。明窗净几的办公室，摆放着纸制的办公桌、茶几和屏风。办公人员坐着纸压加工成的坚实椅子，桌上使用的笔筒、鼠标、名片盒等均为纸制家族。"纸质办公室"既环保又艺术，提高了办公生活的品质，让人从旧式的办公环境中摆脱出来，开始享受美妙且富有创意的新式办公体验。

由于现代造纸技术和相关科学的发展，纸制品生产加工进入新的历史阶段，更加具备时尚艺术范儿。由"玩纸族"创造的具有时代感和艺术性的纸质礼品、纪念品，愈来愈多地投放市场。像纸制品礼盒，轻巧精美，便于包装和携带。收到礼盒的人，打开礼盒时触摸到的是有质感的彩色纸质外表，继而能闻到淡淡的纸香……

纸质礼品、纪念品，最珍贵的莫过于自己动手制作。由于纸材料制作相对比较方便自如，所以也是许多人成了"玩纸族"的原因。当然，我们这里说的并不是简单地把玩一下纸片什么的，而是用艺术的手法和科技的手段，通过对纸材料的深度精细加工，创意性地制作出让人心仪的礼品、纪念品。这些礼品和纪念品作为人们之间互相馈赠的物品，物超所值，增添了高雅的生活情趣。可以预见：这种把纸材料加工和艺术创意结合起来的生活追求，会越发受人青睐。

纸艺生活，精彩无限！

VR 虚拟射箭

近些年，各地冒出一些射箭馆，把一项传统的箭术演变成当下时尚的体育休闲运动，仿佛以往电影和电视剧里的武侠从屏幕上走了出来，变成了一个个鲜活的射箭手，更令人好奇的是现在有的射箭馆结合 VR 设备，让虚拟与现实结合，推出了"运动＋游戏"时尚射箭模式，促进了传统射箭馆的升级换代。

射箭，其渊源可追溯到大约公元前 5 万年。在古代的非洲、欧洲、亚洲等地区都有过流行，它借助弓的弹力将箭射出，在一定的距离内射准目标。远在 1 万年前的中石器时代，人类就用弓箭来狩猎捕鱼。特别是以后很长的时间里，弓箭成了军队打仗的重要武器。随着社会发展，弓箭作为狩猎捕鱼和打仗的功能渐渐弱化。后来弓箭得以保存下来，主要是作为人们喜欢的体育休闲运动项目而存在的。据说 16 世纪出现了对靶射箭、地靶射箭、漫游射箭等射箭运动形式，接着有了世界室外射箭锦标赛、世界室内射箭锦标赛、世界野外射箭锦标赛等三项重要的世界射箭锦标赛。比赛只是对运动员而言，但大众也没有放弃这项体育休闲运动。长期以来人们有许多的方式来玩射箭，土和洋的各有玩法，小孩和大人也自有招数，直到近些年社会上频频冒出专门的射箭馆，人们有了更加好的条件去体验射箭运动，以此检验自己在技巧与力量结合方面的能力，达到运动锻炼和收获一箭中的的乐趣。

现在射箭馆一般都设有 10 米、18 米、30 米等不同距离的箭道，供射箭爱好者选择。弓和箭也是有不同的型号供选择，特别是男女会选择不同重量的弓。射箭馆还配有专业的教练，现场指导初学者如何把握射箭的技巧。

但是，这些都是现实的射箭运动，只不过不完全像比赛那么专业，带有休闲的成分而已。最近，一些射击馆出现了虚拟的射箭形式，即射箭馆引入 VR 设备，射箭爱好者通过 VR 虚拟体验射箭。射箭体验者要戴上 VR 设备，在两个感应器之间的区域内，体验 VR 虚拟射箭的游戏过程。比如，让你感觉到站在一座城楼上，双手所持的两个手柄就是游戏中的弓和箭，这个时候眼前会不断出现虚拟的人不停地在攻击你守护的城楼，你要用手持的两个手柄配合，向虚拟的人射箭以保卫自己所在的城楼。

体验 VR 虚拟射箭，把一个从远古而来经过漫长历史演变的射箭运动推到了时尚的"运动 + 游戏"模式阶段，正等待更多的人去过把瘾。

把家搬到邮轮上

  人们对于住所的选择，花样越来越多。一些人居然卖了陆地上的房子，把家搬到了长期处于漂洋过海状态下的邮轮上，而且乐此不疲地漂游世界各地，游览不同的港口城市和景区。

  按理说，邮轮是海洋上的大型客运轮船。从字面上解释，"邮"字原本就具有交通的含义，且历史上跨洋邮件总是由这种大型快速客轮运载的，所

以称之为邮轮。但是，随着航空业的出现和发展，原来意义上的跨洋型邮轮几乎都退出了历史舞台。现在所说的邮轮，实际上是指在海洋中航行的旅游客轮。有趣的是，现在一些人把邮轮当成居家的地方，这又给邮轮增添了新的功能和含义。

美国佛罗里达州的一位妇女，卖掉占地10亩的房产，住到豪华邮轮上去，成为邮轮上的永久居民。她已经在邮轮上住了多年，并决定继续以这种方式生活着。国内的一位邮轮爱好者认为，现在一些城市空气不是很好，经常有雾霾，干脆住到邮轮上就不会遭此罪了。因为，邮轮在海上航行，海风清爽，空气清新。丽星邮轮总裁洪茂林介绍说："一年（不包括离岸和探亲天数）住邮轮的费用大概在二十四万元人民币，相比于在陆地生活费用，还是比较划算的。"毕竟，邮轮是高品质豪华生活的体验场所。邮轮上有顶级的生活和休闲娱乐设施，像精心设计的住宿空间、高端的溜冰场、豪华的游泳池、经典与时尚兼具的各类美食馆，还有恰到好处的图书馆、电影院、舞厅、酒吧等。

目前，世界上的邮轮有不少品牌。比如，体现美国好莱坞风格的全球最大的皇家加勒比邮轮，具有意大利风情的歌诗达邮轮，带着地中海情调的地中海邮轮等。对于希望长期居住到邮轮上的人来说，除了要选择愿意接收长期居住旅客的邮轮外，还应该尽可能选择经常改变行驶航线和停靠不同港口的邮轮，以增加邮轮生活的多样性和游览地的丰富性。

在邮轮上生活是多姿多彩的，处处弥漫着浪漫的气息。和蔚蓝色大海作伴，让心灵净化、心胸宽广。邮轮上可以和几千人相聚同乐，享受繁华的海上日子；也有机会一个人随日出日落，静享私密时光。若是觉得长时间居住上面有些厌倦，这不要紧，邮轮靠岸时可以到都市、乡村、景点走走，生活就会归于自然和谐。

飞特旅人

　　本书介绍飞特旅人，是对飞特族概念的延伸。飞特族，一般理解为正式职员以外靠打工、兼职等身份来维持生计的人。它是一个混合词，来自英语的 free（自由，或指自由契约）和德语的 arbeiter（指劳动者），有自由兼职（打工）者的意思。我们把它延伸为飞特旅人，是指一边打工赚些旅费，一边去各地旅行的人。

　　认为"上班"是为下步旅行或下一个假期而赚钱，这可是飞特旅人的共同理念。那些以打工方式赚钱旅行的旅人，生活处于半工作半休闲状态。他们有着超群的经济头脑，并且有非凡的工作技能，还有在游走中品味生活的激情。飞特旅人一般接受过良好的教育。不少文化人、摄影师、有较高的外语交流能力者，才成了飞特旅人，因为他们到一个新地方需要轻松地找到工作，并且具备去各地游走的自身条件。

　　飞特旅人的旅行和生活方式有些特别。他们在每个地方生活一段时间，一边工作赚钱，一边学习和感受当地不同的文化与历史，安排一定时间去游览或度假，接着便往下一个地方去找工作，开启一段工作和旅行的新生活历程。

　　飞特旅人年龄都比较轻，20 岁至 40 岁是玩飞特旅行最起劲的年龄段。我国西藏、桂林、丽江等地，是飞特旅人比较集中流动的地方，停留一段时

间边打工边旅行在这些地方已经不是什么新鲜事。国际上一些国家和地区，也会为飞特旅人提供方便，

去新西兰和东南亚是比较好的选择，有相应的政策和条件便利。当然，不是所有的国家和地区都会给飞特旅人提供方便，何况以打工为前提，以旅行为目的的出行方式必定会遇到不少难处，需要飞特旅人谨慎应对。特别是单独旅行者，安全更是需要注意。

风靡北美的野练

　　人们总是希望通过涉及体力和技巧的某项运动，增强自己的身体素质。现在参与体育运动的人越来越多，随之运动的方式也不断推陈出新，一股股新运动潮流此起彼伏，野练便是风靡北美的一股新运动潮流。

　　野练，这两个字听起来就觉得够味，且有些野趣。它是一项以大自然为背景的户外运动训练项目。野练之所以受人喜爱，主要是打破固有的运动模式，特别是那种在健身房里陪伴一大堆训练器械的室内运动模式，让人完全有机会"释放内心亲近自然的原始冲动"，在一种最自然健康的户外训练环境下，体验运动带来的那种特有的畅快和舒适。

　　相比于室内健身运动，野练不只是将运动空间向户外转移，它还不同于其他户外运动，可以随时随地找到训练场地并创造运动条件，具有训练场无时不在、无处不在的优势。它改变了从前增加训练强度只能通过专门的器械的限制，可以利用身边的户外环境，随时随地对自己"开虐"，来一次酣畅淋漓的"撒野运动"。比如，在清晨或晚上，可以利用周围的自然条件，自主寻找身边的训练场地和"器械"——身边草坪、小区花坛、公园长凳、广场台阶、路边的树和栏杆，随处可见的大石头、木桥、残垣断壁……它们都能够成为野练的工具和场地，这些地方都能够看到野练者的身影，或平板支撑或仰卧腿举或弓步前行，在自然中唤醒肢体力量，感受野外自主运动的魅力。

　　野练能够让户外运动爱好者因地制宜地建立良好的运动习惯，并全面提高身体在力量、平衡、核心、敏捷、爆发力等五大维度的运动表现。更有意义的是户外环境的不确定性，能使野练者更好地激发潜能，挑战身心极限，获得十足的刺激感。

这项源于北美的新潮户外运动，正逐渐向世界上其他地方推广，有越来越多的人参与进来，但需要提醒大家应注意以下事项：

1. 在运动正式开始前，必须做好相应的热身。

2. 在着装等方面，要根据户外训练的环境和温度，选择透气、耐磨、舒适的服装和户外训练装备。

3. 运动前不宜大量饮水，而运动中由于出汗，应适时的补充水分，但不宜过多。另外，运动前后半小时内不宜进餐，否则会对肠胃造成一定的损害。

高空玻璃上的尖叫

　　不少人痴迷于去高空的玻璃平台、天桥、滑梯，寻找那种透过玻璃看风景时的惊魂和尖叫，以此拥有一份登高望远、俯瞰美景、动魄惊心的心情和感受。

　　用玻璃托着人瞧风景，是近些年世界上比较流行的玩法。开始时，只是在电视塔等高层建筑的观光层透过玻璃窗环看四周的风景。比如，位于中国上海浦东陆家嘴金融贸易区的上海电视塔，又称东方明珠塔，1994年竣工后成了地标之一，吸引了无数游客登顶观景；又如，加拿大国家电视塔，最独特之处是高层观景台使用了玻璃地面，人们踏到这块呈扇形的玻璃地面上着实战战兢兢，再透过玻璃俯视下面，地面上似蚂蚁般小的景物，更是惊心动魄、不寒而栗！

　　全球类似能够观景的高层建筑，相继建了不少。但是，这些都属于初级空中看景的形式。如今，更为时髦的是许多

景区在山体建高空玻璃平台、峡谷建玻璃天桥、高楼建玻璃滑梯等，玩得越来越刺激。

高空玻璃平台在景区已经比较常见，特别是在高山峻岭的游览线上，选择一些景致好且适合建平台的地方添置玻璃平台，让游客在游览的过程中增加新鲜感和刺激感。游客要有相当大的勇气将脚步从悬崖游步道上移到玻璃平台，小心翼翼地往前走，每走一步都是提心吊胆，仿佛悬在空中而孤立无援。然而，这些玻璃平台却让许多爱冒险的游客一偿心愿。

相比于高空玻璃平台，峡谷玻璃天桥更加刺激好玩。美国的天然奇观"大峡谷（Grand Canyon）"上建有一座全玻璃的人行天桥，加上配套设施，总投资额达到3000万美元。游人只要支付25美元游览费用，可以在4000英尺高空欣赏大峡谷的美妙景观。我国湖南张家界也建了一条史上最长的全透明玻璃桥，距谷底的相对高度为300米，桥面长375米、宽6米。这座玻璃桥是为勇敢者而建的，胆小的人真的要望而却步。所以，有人说这是一座让人尖叫的玻璃天桥。不少人并非走过去，而是跪着爬过天桥。全透明玻璃天桥让你惊魂，也让你享受360度无死角的张家界好景色，就看你敢不敢睁开眼睛去观赏。

　　最近，美国洛杉矶市联邦银行大厦又玩出了新招。在这座摩天大楼的69到70层处，约距离地面300米的建筑外围，建了一条全透明的高空玻璃滑梯，他们自称为"天空滑梯"。人从70层滑到69层，虽然距离不长，但在如此高的地方滑过完全透明的玻璃管道，让地面景色一览无余，想必就像在空中漂移，确实让人心跳和惊险。

　　高空玻璃上玩刺激，可谓年年有新招。相信今后还有更好玩的项目在等着大家。

火山口上品美味

危险和刺激，正是那些爱玩的人喜欢做的事情。

有人将餐馆开在火山口，利用火山产生的热量烧烤食物，这种与死神共舞的危险餐厅居然吸引着许多人争先恐后地去用餐，成了世上最危险的美食体验。

火山口餐厅，比较有名的属西班牙旅游胜地兰萨罗特岛上那家叫"厄尔暗黑破坏神"的餐厅。它建在兰萨罗特岛的火山口上，周围是黑乎乎一片的火山岩浆和岩洞，看上去没有生机，甚至觉得杳无人烟。但正是它与众不同的奇特景观，反而吸引了成千上万的游客。

兰萨罗特岛的奇特景观，是因为1730年岛上100多个火山口接连喷发了长达六年之后，炽热的火山灰覆盖了岛上的一切生命。从此，这个小岛就变成了"死亡之岛"。然而，就是在这个"死亡之岛"上，竟然有人突发奇想，建起了一座以烧烤为主的餐厅。要知道，虽然火山已经不再喷发，但距离地面几米以下的温度还是高达400—600摄氏度，在这里建房子没有办法挖地基，只能直接建在岩层上，其建筑风格和建设用的材料都有特别的要求，需要进行特殊的处理。餐厅在人们的怀疑和嘲笑声中，花费三年的时间才建成。

来餐厅的顾客，不仅可以360度无死角地观看岛上风光，更重要的是品尝到食物放到火山口的烧烤架上烤出来的那种特有的味道，人们还可以一边体验美味一边观看食物烤制过程。用火山热量烤熟的食物，使周围飘着浓郁的香气，令吃货们和探险者慕名而来，顶礼膜拜。老板还采取了饥饿营销策略，餐厅并不是日日开放，而是择日开放，吊足了人们的胃口，每位来这里消费的顾客付费都比较昂贵。

　　由于火山现在处于休眠期，一般不会在顾客吃饭的时候喷出来，但危险和恐惧的氛围仍是依稀可见的。也正是这样的环境，才使得这家餐厅富有特色和卖点。

　　世界上像兰萨罗特岛上这样的火山口餐厅为数不多，但各地用火山口包括地热条件的土洞烤制食物的还是有些。由于地热能是一种清洁能源，烧烤出来的东西干净醇香，会越来越受到大家的喜爱。地热能的开发和利用，在安全保障技术日臻完善的未来，前景是十分广阔的。

渐渐兴起的"逃离"之旅

　　生活中总会有些理由，让自己为"逃离"而出行。

　　那句老话"惹不起躲得起"，听起来有些消沉，但也有积极的方面。假设我们周遭，雾霾不断、噪声不绝、突然停电、临时停水，都可以成为你"逃离"之旅的缘由。而这样的"逃离"，可以躲避不良环境对身体的危害和应对生活中的不便，也未尝不是好事。

就说雾霾，常见于我们生活的城市，它对人身体的伤害不小，概括地说是伤心伤肺又伤皮肤。好在不少地区将雾并入霾一起作为灾害性天气现象进行预警预报，人们可以提前预知雾霾天气的到来，如果有时间和条件，就能够避开雾霾天气，"逃离"到空气环境好的地方旅游度假，这就是现在一些人选择旅行的理由。这样的"逃离"之旅，虽然有点任性，但也算在理。

在现代人的生活中，"解闷"也是"逃离"之旅的重要因素。

往往比较感性的人，在生活中遇到不愉快事情、发生悲伤的事件，为避免触景生情，就会想着"逃离"熟悉的环境，去一个陌生的地方让自己静下来，整理一下思绪，使心情恢复正常。这种以"解闷"为理由的"逃离"之旅正受人欢迎。

随着旅游日益成为人们日常生活组成部分时，"逃离"之旅现象会增多。特别是人的个性化特征更为凸显和未来带薪休假制度的落实，"逃离"旅游将进一步兴起，它作为一种生活态度愈发被人接受。

各地都应该重视与之相适应的旅游休闲目的地建设，包括更加注重养生和意念性旅游等新型旅游产品开发，以满足"逃离"之旅发展的需要。

欧美时兴雨中行走

　　按照传统的观念，下雨天一般不出户劳动生产，也不太主张到户外休闲锻炼。但是，这种传统的观念却被一些欧美地区的人给改变了。他们把雨天出门行走，看成是户外锻炼的最佳时机，认为非常有利于增强体质，能起到健身作用。

　　当一场雨降落大地，就会洗涤空中和大地上的尘埃污物，净化空气，洁净路面，树木花草更青更绿，这些便是现代欧美人时兴冒雨行走的理由。确实，他们的想法颇有道理。因为，天空下雨前残阳照射及细雨初降时会产生大量空气维生素——离子，有助于人们健身养心，防止人体郁闷情绪出现，让人保持舒畅的心情。此外，在雨中运动会增强人的机体对外部环境的适应能力，提高工作活力和效率。

　　最近，网络上传播的当今国际流行的十大健康生活方式为：（1）少食肉；（2）晒太阳；（3）雨中行；（4）常唱歌；（5）饭后息；（6）挺起胸；（7）静坐思；（8）天伦乐；（9）步当车；（10）行善事。其中雨中行和欧美时兴的雨中行走是相似的，说明这种休闲锻炼方式已经受到许多人的赞同。

　　其实，雨中行走除了雨后空气净化对健康有利外，行走时的心情也是很重要的。每个人对于雨中行走会有不同的解读，可以把它说成下雨天走路容易变成落汤鸡，这当然不是我们这里想说的。如果用好的心境去解读，那就是经过了雨水的洗礼，视线里的一切景物都是如此的亮丽清新！正如我国散文家朱自清描写的雨"象牛毛，象花针，象细丝，密密地斜织着……树叶儿却绿得发亮，小草儿也青得逼你的眼"。是啊，冒着霏霏细雨，行走在都市街道上或是乡村小路上，将是一次赏心悦目的游览体验，更是一种时髦的生活态度和方式。那雨中的世界，没有了往日的繁杂和尘土飞扬，显得特别的静雅。只有雨水落到雨伞发出的有节律的"滴答"声与自己做伴，仿佛生活非常有仪式感。所以，行走者应该把雨中行走视为"小确幸"才对。

　　雨天行走，还可以选择打伞行走或是冒雨运动。如果天气不是很冷又遇上细雨，可以冒雨行走，那柔和的细雨犹如天然冷水浴，对人的头皮、颜面和外露的其他部位肌肤均有按摩作用，能够达到神清气爽的目的。至于雨中行走是单独还是和哪些人同行，就看各位自己决定了。只要心情好，都会让雨中行走收到好的效果。

　　当然，雨中行走不主张在雷雨或大暴雨这样的恶劣天气中进行。

漂洋过海去跳岛

跳岛，源于群岛国家原住民的生活方式，即他们生活和劳动需要在岛屿之间来来往往，就好像我们每天要坐汽车或地铁一样，是他们生活和工作的一部分。现在我们把跳岛引用于旅游，是说一次出门，一门心思地漂洋过海去几个海岛旅游，或者说是在岛屿之间来来往往地旅游。

作为以海岛为主题的旅游形式，近些年跳岛游算是比较时髦的事情。进入蓝色海洋的怀抱，在几个岛之间"跳来跳去"，深度感知和体验海岛旅游休闲所带来的无限魅力。特别是内陆和山区的游客，跳岛游让他们欣喜若狂，陌生的海岛有机会一次性玩个痛快。

由于全球海洋海岛

资源极为丰富，选择去哪儿跳岛，这是一件不太容易的事。对于大众游客来说，散落在太平洋和印度洋上那些星罗棋布的岛屿，有许多是跳岛旅游的好去处（当然是指具备旅游休闲条件的岛屿）。比如，爱妮岛、普吉岛、长滩岛、塞班岛等。由于跳岛游是需要岛屿组合的，所以事先要选择好主要岛屿和周边可跳的其他岛屿。像普吉岛周边就有大 PP 岛、小 PP 岛等，可以坐游艇在这些大小岛屿之间"跳游"，并体验浮潜、海钓、购物、美食的乐趣。相比之下，位于印度洋上的马尔代夫是比较靠谱的跳岛旅游胜地。这个群岛国家，有 1190 个珊瑚岛分布在 9 万平方公里的海域内。到这里跳岛，就不是小打小闹，而是有气势有品质的跳岛旅游。这里有着无可挑剔的度假资源，人性化的接待设施和高品质的服务。以资源为例，马尔代

夫岛屿的沙滩、海水、椰林，童话般美丽。一个岛就是一处度假村，一个酒店，一湾港口，你可以乘坐游艇、渔船、水上飞机随意选择跳岛，选择想看的风景。放松地枕涛入眠、亲水浮潜、出海垂钓。跳岛游期间，一切大可从容安

顿，由此获得一份愉悦自在的心境。

跳岛游虽然看的皆是岛，但到不同的岛屿旅游，会有不同的体验和乐趣。比如，到塞班跳岛，能够在世界最深海沟观赏各种不同的水中生物；到菲律宾跳岛，可以购到十分便宜的手工制品；到希腊跳岛，也许是为了一杯特色咖啡或者一块 Cheese 蛋糕；到波荷岛跳岛，只为体味浓浓的乡村气息……毕竟旅游是为了某种体验，跳岛游可以满足这方面的要求。

由于跳岛旅游选择范围较广，所以认真做好事先的功课十分必要。首先是签证。一般要持有效护照、填写好的签证申请表、照片和确认的往返机票及复印件去申请个人旅游签证。其次是筹划好交通路线和住宿。确保顺利抵达目的地和安全返回出发地。再次是准备好相关的货币和信用卡。考虑到跳岛游的特殊性，建议多带点可流通的现金为宜。

瀑降，驴友的新宠

从百来米的瀑布顶端往下速降，洁白的水帘倾注全身，眼前白茫茫的水雾给人一种仙境中从天而下的感觉，这就是近年来被驴友们宠爱的瀑降活动。

瀑降，是从溯溪户外探险中派生出来的一项极具挑战性的活动。它的基本要领是，从瀑布的顶端，扔下一根攀山绳索，户外运动者穿上防寒服、戴上安全头盔等，沿绳索从瀑布顶端如同蜻蜓点水般缘绳下跃，在巨大水流冲击下协调好身体，从光滑的峭壁上寻找落脚点顺瀑布而下。瀑降活动对参加者的心理和技术要求很高，由于活动新颖且比较刺激，目前正成为驴友们新潮的户外活动项目。起初，该项目都是清一色的爷们，近期出现了女驴友的身影，给瀑降活动又增添了一道艳丽的风景。

如同其他户外项目一样，安全是最重要的。瀑降是专业驴友"玩"的项目，而非大众休闲项目。即便是专业驴友，也要充分认识到它的危险性。在地点选择、队伍组成、时间安排、应急措施等方面都要慎重考虑。参与者要准备好专业设备，包括攀山绳、安全头盔、瀑降鞋、手套和护腿、八字环、安全带、安全裤等，这些东西在大型的户外运动装备卖场里可以买到。一般一套装备的价格在 1-2 万元人民币之间。

瀑降活动要注意如下事项：

1. 参加瀑降活动必须组队结伴，不可单独行动，而且要有经验的人指导。事先要进行有关瀑降技术的训练。

2. 选择好的季节和时间，不能摸黑进行。特别要避开寒冷天气和多雨季节，防止山洪爆发给瀑降活动带来的危险。同时应充分考虑进入活动地点和撤出线路相关的天气方面的安全保障。

3. 参加活动的每个队员都要了解活动方案，掌握装备的使用技能，熟悉瀑布及其周围的环境。要充分考虑一般瀑布下面都会形成水潭，在瀑降前必须探明地形，这样就可以保证在降下后，选择正确的方式安全出来。遇到下面有水潭的瀑降活动，参与者要会游泳。

4. 对于那些瀑布主体水流过急、水量过大的，要避开瀑布主体，选择水流较小的路线下降。要注意避开下降线路的岩石、陡坡、裂缝等可能出现的危险。

5. 发生意外事件时，不可慌乱，视情况的轻重缓急，有序地按照安全预案采取应对措施，并请求当地公安或相关救援机构的援助。

轻旅行

炎炎夏日，出去旅行最怕的是拖着沉重的行李，脱不掉朝九晚五戴着的面具和平时生活中习惯了的条条框框，让不轻松的"负担"占据了旅途轻松愉快的空间，剩下的只是旅行中汗流浃背的疲惫。那么，如何才能改变这种状态？大家不妨试试轻旅行。

轻旅行（Travel light），它的基本要义是出门旅行选择一种轻装、轻便、轻松的方式。一方面，旅行时尽可能少带东西，放下一切不必要的负重，让身体在旅途中轻松起来。另一方面，也要放下居家生活特别是久居都市中的那些过多的条条框框，让旅途中的心情和思想不要有过多的压抑与束缚。轻旅行，正成为当下越来越流行的一种旅行方式。

但凡旅行大咖和业内人士，他们对旅行有着深刻的理解：轻松和艰险都是旅行的重要体验和价值取向。对于我们普通旅行者来说，选择轻松旅行会更适宜一些。轻旅行，能让我们拥有更多的自由与快乐。

轻旅行不只是一种口号，它要求旅行者在具体事项上有所取舍。比如，轻装出行，就要放弃很多平时习惯了的东西。像女同志在家用到的洗发水、洗面奶、沐浴液、按摩膏、泡泡浴盐、护理乳液、紧致乳液……瓶瓶罐罐一大堆。如果是去轻旅行，就必定要放弃一些，不可能什么都带上，一般只带简单清洁和健康的用品。又比如，我们平时在家会根据不同场合和服饰搭配的需要而经常换鞋子，轻旅行则有一双轻松的休闲鞋就 OK。轻旅行提倡带一些多功能的物品，如选择百搭的鞋子、服装，带电池的剃须刀，实用的双肩包等。目前，国内外有许多厂家专门生产适合轻旅行的产品，户外用品商场更容易选购到这类东西。还有就是用带钱来替代负重，解决旅途中应急问题。当然，轻旅行只是去掉多余的、冗赘的东西，并不意味着什么都可以不带。旅行中用到的基本用品还是要带的，总不能大夏天里连件换洗的 T 恤也不带。

　　人们选择轻旅行，有它的道理。至少到机场不要等行李，有更多的机会轻松体验新鲜的事情，想走就走的自在会一路陪伴你，轻旅行的简单生活践行着环保的理念，等等。

　　真正意义上的轻旅行，只在携带物品方面轻装上阵还不够，更注重的是放松心情。一定要学会放下，不应将往日工作中的烦恼、生活中的忧愁带上旅途。也许，岁月是一条写着遗憾和堆积了忧伤尘土的道路，但我们希望轻旅行的路上能够洒满欢乐的阳光。

入住水上船屋和缆车旅馆

眼下千姿百态的旅馆层出不穷。像树上旅馆、野宿、悬崖酒店、洞穴宾馆等，都是人们体验不同旅居生活的地方。这里介绍船屋酒店和缆车旅馆两种特色旅馆，一个在水上，一个在空中，它们凭各自的特性吸引着顾客。

船屋酒店，指的是停泊在海边或河流、湖泊上的以船为载体的水上旅馆、酒店，它不同于那些陆地上酷似船形的旅馆、酒店。由于船屋酒店在水上，显得特别灵性和浪漫。尤其是在一些知名的旅游地，船屋酒店备受客人欢迎。

船屋酒店的客房简约温馨，别致而富有情调。配有空调，淋浴卫生间，电视、免费无线网络等。入住水上船屋，体会到的是宾至如归的愉悦与舒适。目前，全球比较好的水上船屋酒店在荷兰阿姆斯特丹、泰国清莱、英国谢菲尔德等地。

空中缆车旅馆，相比于水上船屋酒店，更为刺激好玩。可以想象，高空中利用钢绳牵引把人员或货物输送到目的地的缆车，本身就惊险可怕，如果将其吊舱改造为留宿的旅馆房间，对于入住的人自然是一次勇气与胆量的考验。在法国境内的阿尔卑斯山上就有了一座这样的缆车旅馆。它距离地面2743米，客人住在里面可以在高空中欣赏美景。房间能容纳4人，内部装修时尚，家具齐全。有意思的是，里面既没有无线

网络，也没有电视，住客只有全身心观赏阿尔卑斯山秀丽景色的份儿。更不可思议的是，吊在2743米的高空能够安然入睡。新奇的空中缆车旅馆，独特罕见，博得大批游客青睐。即便是一晚2000欧元的消费，大家还觉得绝对物超所值，反映了物以稀为贵的规律，这也是世界各地不断出现像空中缆车旅馆这样多彩特色旅馆的原因之一。

不管是住进水上船屋酒店，还是住在高空中的缆车旅馆，都要注意入住的安全。水上船屋过夜需要注意水上安全，防止溺水等事故的发生。尤其是入住高空缆车旅馆，事先要对自己的身体状况有所了解，比如高血压病、心脏病、贫血、癫痫病、恐高症等均不适合去住高空缆车旅馆。对疲劳过度、精神不振和思想情绪低落者，建议也不要选择住缆车旅馆。

太空旅行不是梦

　　相信大家对太空旅行都有期待，向往在有生之年能够实现遨游太空的梦想。诚然，大多数人近期要如愿以偿地去观赏太空浩瀚而旖旎的风光、感受失重的味道，还是不太可能。但是，人类实现太空游的梦想却是现实的。

　　太空游项目始于2001年4月。第一位太空游客为美国商人丹尼斯·蒂托，第二位太空游客为南非富翁马克·沙特尔沃斯，第三位太空游客为美国人格雷戈里·奥尔森。

　　有资料介绍：美国太空探索技术公司前不久宣布，该公司将开启商业太空旅行项目，两名太空游客将进行绕月飞行。首次商业私人太空旅行将为期一周左右，游客将从美国肯尼迪航天中心"启程"。如果一切顺利，这将是人类探索深空之旅的重要里程碑。按计划2名太空游客于2017年开始进行健康测试和相关训练，2018年后适时搭乘太空飞船开启太空之旅。

　　相比于其他形式的旅行，太空旅行给人一种前所未有的体验。旅途所见和体验到的一切，只有在太空中才能享受到，称得上"此景只有天上有"。

　　专家表示，未来的太空旅游将呈游客大众化、项目多样化、公司多家竞争化和安全法规规范化四大趋势发展。将来越来越多的人会实现遨游太空的夙愿。

　　太空旅行不是梦。

探秘峡谷

　　峡谷，指深度大于宽度且谷坡陡峻的谷地。探秘峡谷是现在户外热门活动。在百里绝壁、层叠峰丛的大峡谷之中穿越，原始的野趣、满目的奇观、偶遇的险情，都令一次峡谷探秘之旅充满神奇色彩，有一种难得的身心历练之满足。

　　世界上有很多著名峡谷。比如，美国的亚利桑那州大峡谷、尼泊尔的卡利甘达基峡谷、南非的布莱德河峡谷、秘鲁的科尔卡大峡谷、纳米比亚的鱼河峡谷等。1994 年，中国的雅鲁藏布江大峡谷被证实是世界第一大峡谷，其长度为 504.9 公里，平均深度达 5000 多米。几千米的强烈地形反差，构成了壮丽景观，有人说雅鲁藏布江大峡谷是世界上最后的秘境。

　　探秘峡谷，总体上算

是一项探险活动，但有的比较平缓安全的峡谷也开辟成为一般性旅游观光的地方。位于鄂西南恩施土家族苗族自治州恩施市屯堡乡和板桥镇境内的恩施大峡谷，就是接待旅游团队和散客的旅游景区。这里拥有难得的世界奇观，典型丰富的喀斯特地貌。有天坑、地缝、溶洞，还有原始森林和远古山寨。特别是平均深 75 米、宽 15 米的云龙地缝尤为奇绝，两岸奇石林立，飞瀑跌落，险峻而幽远。云南知名的国家 4A 级旅游景区虎跳峡，游人如织，峡谷内的江流跌宕、水势汹涌，声闻数里，吸引了无数游客。

然而，峡谷探险则不同于一般的峡谷游览，具有新奇、刺激、专业性强的特点，是近些年正在兴起的一项户外考察体验活动。可以说，峡谷探险是勇敢者的行动，也是智者的选择。行走峡谷必须学习和掌握基本的常识，事前需要周密考虑和安排，并对整个行程进行科学严谨的筹划。关键要注意了解要去地方的地理环境，了解天气情况，了解同行者是否有丰富的相关经验等。峡谷探险活动一定要有相关资质单位带队，以保障安全性。除此之外，要带足常用的药品和急救药品，出发前务必要就近联系好相关救援人员，以防不测。

富有挑战性的峡谷探险，可避开车马喧嚣的生活，在探秘峡谷最真实的自然里找到幽静而神奇的体验乐趣，这也是值得我们去尝试的一种生活方式。

现代人的空中体验

　　对古人而言，登高之事无非上山岳之巅、塔楼之顶、城堡之上。相比之下，现代人就不一样，借助现代科技成果，可以体验更多精彩刺激的高空休闲项目，获取美妙绝伦的生活乐趣。

　　摩天大楼观光，一种老少皆宜的空中观景体验。随着现代建筑技术的发展，世界上超高层建筑愈来愈多。迪拜哈利法塔、台北 101 大楼、上海环球金融中心、纽约帝国大厦等都是摩天大楼中的代表性建筑，也是世界各地游

客们跃上百层高楼放眼观景的好去处。目前，世界上供游客观光的那些高楼，都充分考虑了游览的各种需要。比如，设有专门的观景层、游客上下的专门升降机和通道，还会设置购物和休息的场所等。由于世界上可供观光的高楼建筑风格各异，每座楼本身就是难得一见的景致。而高楼四周的风景，更是一个地方或一座城市特色景观的呈现，具有唯一性。所以，摩天大楼观光理所当然地受到人们的青睐。对于每个游客来说，登楼望远获取的是无与伦比的视觉快感。那种心境开阔，指点山河的豪情油然而生。

低空飞行旅游，一种空中俯瞰的游览体验。近几年，低空飞行旅游日益受捧，国内外许多城市和景区都在开辟低空旅游项目。比如，澳大利亚大堡礁的直升飞机旅游、马尔代夫水上飞机游览等。人们看好这种旅游方式，主要是直升飞机、水上飞机等能够避开熙熙攘攘的人群和拥挤的交通，凭借快速优势满足了游客高效、便捷和舒适的旅游需求。更重要的是，从空中可以不受地形限制欣赏到广阔的景色，让人在感念上仿佛是翱翔的雄鹰，自由自在地俯视天底下梦幻般的美景，享受着激昂的欢愉！

空中运动休闲，一种搏击长天的人生体验。空中运动作为新兴的运动，在世界各地风行速度极快。因为，空中运动相比于陆地上的其他运动，更具挑战性和刺激性，还能够感受到"与天斗其乐无穷"的满足。高空蹦极、高空绳降、空中跳伞、热气球、滑翔伞等空中运动休闲项目，在世界范围内的影响力越来越大。在我们周围，空中运动玩家日益增多，一些空中运动还被收入了世界运动会的项目。

体验空中休闲项目，要因人而异。特别是惊险的空中运动项目，一定要考量自己的身体状况和承受能力，不可盲目参与。

一日天堂一日地狱的旅行

背包客小鹏《我们为什么旅行》一书中说到："由俭入奢易，由奢入俭难。可旅行者的性格与蚯蚓类似，可伸可缩，来去自由。因为我们聪明地知道，奢与简都非绝对，无法用价格这把尺子衡量。比如住青年旅馆能交到很多朋友，住豪华酒店能获得贴心服务。顶级大餐能让味蕾跳舞，而当穷凶极'饿'的时候，一顿果腹的路边餐就能让我们如入天堂。"是啊，当下和小鹏有类似想法的人还真不少。他们以背包客的身份出行在天南地北，喜欢一下子找高星级酒店住下，品尝价格昂贵的大餐，有时候则毫不讲究，住帐篷、民宿，吃粗茶淡饭都毫不在乎。他们就是一群在旅途中体验一日天堂一日地狱生活的人，以求得旅行生活多样刺激，获取"高贵与贫穷"同行的快感。

对于喜欢这种一日天堂一日地狱的旅行者来说，他们有着与众不同的旅行理念。在他们看来，奢与简的旅行生活并不对立，而是一对平起平坐的孪生兄弟。一次旅行，可以让自己过几天非常奢华的日子。比如，出行时就选择豪华的

交通工具，飞机坐头等舱、动车坐商务座，到了目的地入住超豪华的酒店、度假村，去顶级的餐厅用餐，所有这些都是为了能够过上挥金如土的日子。同样的一趟旅行中他们又选择了极其寒酸的生活，去最艰苦的地方探访，找最差

的旅店住宿，甚至就在一个破房子里住一宿，或者是自己搭帐篷过夜。自带干粮充饥，跋山涉水，徒步行走，所有这些却是为了刚过了奢华生活的同时，能够立刻感受"穷困潦倒"之生活滋味，感知生活里会有不测风云，路途中多有坎坷险阻。他们想学会把好日子和苦日子捆在一起过，有机会体验生活之真谛，让旅行富有生活哲理。

当然，一日天堂一日地狱的旅行，需要事先的准备和筹划。一般要遴选旅行条件和资源丰富一点的地方，也就是说既有过好日子的吃住行条件，又可以近距离找到艰苦旅行的去处。比如，沿线有都市，又有条件比较差的旅行地，这样的区域会比较适合一日天堂一日地狱的旅行。对于旅行者来说，要根据自己大概出行的时间期限，制订好一日天堂一日地狱旅行的日程安排和行走线路。

一日天堂一日地狱的旅行，既要轻装上阵，但途中应对困难的必需物品还是要带上。在旅途中也许会出现意想不到的事情，那就只能随机应变，这也是一种生活的磨炼与体验，应该属一日天堂一日地狱旅行的题中之意。

越野行走

只有短短的十几年时间，越野行走便成为风靡全球的时尚户外有氧运动。人们在世界各地的山间、草地、江河岸边，尽情地享受行走的乐趣，呼吸清新空气所带来的自在。

越野行走，一种既简单又对身体全部器官充分调动的运动方式，最早源于北欧式行走。有资料介绍：北欧式行走，是因为位于芬兰、挪威北部的拉普兰是著名的国际旅游胜地，有着独特的极地风光和土著民族风情，更是越野滑雪的好地方。当地爱好行走者，模仿了越野滑雪运动员训练方式，依靠

一对手杖和双腿进行身体锻炼和户外观光。1997 年，芬兰最早出现了双手持专用手杖徒步行走的人们，被称之为北欧式行走。在北欧国家许多人备有好几种颜色的行走手杖，这些手杖就像领带一样，根据锻炼时穿的运动服进行搭配。后来，北欧式行走迅速扩散到世界各地。人们利用假期或闲暇时间，无论是绿意融融的时光，还是白雪皑皑的季节，大伙成群结队地双手持杖行走，投入大自然的怀抱，于是就成了风靡全球的越野行走运动。

当然啦，现在越野行走所用的手杖，并非滑雪运动员使用的那种，而是对滑雪杖的手柄和手柄护手进行了改造，使之更加适合于快步行走和登山。手杖在越野行走中的作用是行走过程中实现四肢同时参与运动，达到全身大肌肉群同步锻炼的效果。

越野行走的要领是上身要稍前倾，便于持杖的手臂发力。双手应平行前后摆动，手杖的支撑点在身体的斜后方，一定要有手杖推着身体前行的感觉才对。行走时后腿要蹬直，前腿后脚跟先着地，然后过渡到全脚掌。

越野行走何以风靡全球？主要是它具有预防和治疗高血压、高血脂、高血糖及心脏病的功效，也是减肥的有效途径。可以促进钙的吸收，增加骨密度，预防骨质疏松，并对有效缓解颈、肩部肌肉紧张，预防和治疗肩周炎起到积极作用。

在虚拟和现实间游走

  加拿大是世界上国土面积第二大的国家，有着引以为傲的高森林覆盖率。对于加拿大人来说，他们一直视森林为崇敬的"神灵"，并把森林作为康体养生和旅游休闲的好去处。特别是该国的魁北克省，土地广袤，其中大片大片的森林使这个地方成为风格迥异的景观地带。两年前，这里将一片小森林通过与高科技的融合，打造出了一个虚拟和现实相结合的以森林步道为载体的"移步式天然剧院"，很受游客欢迎。

  "移步式天然剧院"的森林步道，整个行程大约45分钟。夏日夜幕降临时，森林步道沿线变成了美轮美奂的"灯光森林"，高科技互动产生的虚拟场景与森林步道、游客等现实元素集聚在同一个时空里，上演着一场虚拟和现实聚合的景观大餐。特别在步道上游走时会遇到虚拟合成的动物，它们与现实的游客进行着"交流和会面"，充满了新颖独特的旅游体验，给传统意义上的度假胜地增添了新的时尚旅游吸引物，由此吸引了众多的游客。

  对于虚拟的理解，我们普遍认为它是不符合或不一定符合事实的虚拟的情况。用在旅游产品开发方面，是指在现实环境中凭想象编造的尤其是高科技实现的仿实物或伪实物的东西，它是供游者观赏或体验的旅游吸引物。但是，它区别于通过模拟而构建的三维立体环境下能够观看远在千里之外风光的"虚拟旅游"视频画面。

  随着近些年科技和旅游业的不断融合发展，旅游产品开发中运用高科技创造出来的虚拟产品越来越多，使人们有了更多的机会在虚拟和现实间游走和体验。除了上面介绍的虚拟和现实结合的加拿大魁北克省的森林步道这类在游览中体验的产品外，目前在旅游演艺方面也涌现了许多类似的产品。比如，浙江省舟山市推出的《印象普陀》，就是一台虚拟和现实融合的大型实景演出，剧中许多场景和人物是虚拟的，但能够与真人演出做到天衣无缝。横店影视城投放市场不久的《梦幻圆明》，十分震撼地运用了虚拟场景和声光画面，连接着现实演出场地的真人演出，极具美感，达到了十分吸引眼球的效果，颇受游客观众的喜爱。除此之外，已经有市场主体在建设以虚拟技术和现实景点相贯穿的主题公园，相信这也会为人们创造一种现代化的有趣玩法。

　　未来的日子，将有越来越多的虚拟和现实相结合的旅游产品和目的地问世。我们建议游客朋友，要从单一选择传统山水观光的习惯中走出来，创造条件享受多种形式的旅游体验。要把高科技时代下前卫发展的虚拟和现实相结合的旅游产品作为出游的重要对象之一，尽享现代文明成果，在新鲜时尚体验中提高对现代科学技术的认知，丰富生活的趣味。

站在废墟上回忆

废墟，已经毁坏的荒凉之地。

在城市和农村都存有大量"废墟化"的老工厂、老宿舍、老村庄、老建筑等，残垣断壁、杂草丛生、破败阴暗、潮湿霉味便是它们的写照。这些曾经无人问津的地方，现在有人把它作为游走的目的地，成了追忆过往岁月、回望历史足迹的好去处。

游走废墟现象的出现，是现代人一种奇特的行为走向。我们难以精准分析原因，但不管怎么说，在人们追逐物质的繁荣，而无视精神的空虚，被外来无益文化趁机植入或入侵的时候，倒不如提升废墟的存在和利用价值，让大家走进废墟回望自己成长和社会发展的历程，不失为一种传承历史文化的好途径。有的地方已经意识到废墟的旅游商业价值，开始对那些有历史意义和文化内涵的废墟进行保护，并且开发利用。废墟变废为宝成为可能，而人们游走于废墟的热情也在高涨。

需要提醒的是，游走废墟务必要注意安全，毕竟废墟存在着一些不安全的因素。当地管理部门要有应对废墟游览的措施，避免意外事故发生。

选择什么样的废墟出游，应该是萝卜白菜各有所爱。这里大致将废墟分为以下几类，供大家出游时选择。

1. 生活居住类废墟。这些地方曾是一些人的出生地、居住地，留给人们最初的回忆和最深的记忆。虽说由于各种原因，曾经生活居住过的地方在眼前变成了废墟，但变的只是外形，不变的是藏于心间永恒的生活情景。到生活居住过的废墟游览，会有触景生情后的回想和绵绵情思。

2. 伴随成长类废墟。主要是已经变为废墟的幼儿园、学校旧址，或者曾经工作过现在荒废了的单位旧址。到了这些地方，眼前的一切定能唤醒自己成长的记忆，不管过去是幸运的还是不幸的，此时此刻你都活在了回忆里，必然有所思考，并有颇多感悟。

3. 历史事件类废墟。从某种意义上说，废墟是最好的历史见证。因为某个历史事件而出名的地方或者建筑物，它们即便今天成了废墟，也是一段历史或一件大事的承载体。那些对这段历史或事件感兴趣的人，到这样的废墟游历，意义非同一般。能够以史为镜，受益终身。

4. 产业旧址类废墟。产业是某种同类属性的企业经济活动的集合，更是社会生产力不断发展的结果。在一些地方由于产业转型换代后而留下不少老的产业园区、商业区、矿区、厂区等，因为长期不生产经营而废弃，但它们却是一个地方产业发展的历程标志，也是许多人感怀过去的地方，有着特殊的旅游意义。

住进旧时光

　　如果你特别倾慕于旧时光，不妨在出差的途中去找有些年代和故事的旅店入住，在旧时光的场景中感知它们的历史和文化，寻找那些属于自己的东西，获得心灵的某些慰藉，享受旧时光给你的一份醉心。

　　如同现代化综合性酒店能体验到富有时代感的服务、民宿可以感受主人的生活方式一样，入住不同时代不同文化背景下建的旅店，我们可以在它的"昔日环境"中领略许多未曾接触过的旧时建筑、艺术、宗教和服务场景，接触有质感的历史，体验一种完全不同的住店感受。

　　世界各地能让我们住进旧时光的旅店不少，像古堡酒店、古屋旅馆、老式饭店，都算得上这一类旅店。近些年发展较快的是欧洲的古堡酒店，它们

均由古城堡改造而成。城堡，在历史上曾经显赫一时，它们源于历史上战事的需要，也是权贵的象征。随着社会的进步，这些城堡渐渐远离战争与权贵，失去了往日的功效。如今有的变成旅游点，有的荒废破败。当今天人们期待入住有旧时光氛围的酒店时，许多古城堡便蜕变成了住宿酒店。入住古堡酒店，中世纪欧洲建筑风格、精美的雕塑雕刻绘画艺术、城堡主人曾经奢侈生活的缩影，就像一面历史的镜子映照出旧时光的场景，短暂的住宿却有机会洞察岁月荫蔽的尘世，仿佛跟随月转星移，遥知曾经的人间浮华和故事。

古屋旅馆和古堡酒店有些类似，但相比之下要简约许多。它没有古堡酒店的规模和气派，但有着历史沉淀后的遗韵和气度。入住这样的旅馆，即便是添置了许多新的旅馆家具和设施，但留有旧时代痕迹的古屋依旧焕发着迷人的沧桑古色，给了住店的旅客触景生情后的种种怀旧与回想，相信每个人淤积在心间的往事此刻也会勾起联想，一同融进古屋四周，飞向怀旧的梦乡。

至于老式饭店，几乎全球有历史的城市都有。比如，中国上海就是老式饭店集聚的城市：上海老时光酒店、华尔道夫酒店、上海浦江饭店（原礼查饭店）、和平饭店等，都承载了这座城市的历史风情和繁华，令人对过去大上海社会的老旧时尚和生活习俗产生无限遐想。

当然，全世界各具特色的老式饭店不一定都称作饭店，可能叫公馆、旅馆、酒店、旅社、旅舍等，但它们都把建造时和后来历次装修的年代元素以及地域文化融入其中，让现在入住的人们亲近旧时光，体验到有着怀旧情趣的住宿经历。

走向古道深处

深秋初冬，是探访古道最好的季节。那铺满道上的落叶、有些清冷的天气、几束寒阳透过树林照在古道上的斑斓色彩……都是对行走在古道上的人最大的恩赐。

利用休闲时间去走古道，是当下许多旅行者所追求和期待的事情。特别是生活在江南的人，这个时候可以避开过热过冷的天气，在最美的季节和环境里活动一下筋骨，进行一次有意义的户外锻炼，又可以探访遗落在古道深处的那些人文历史和风俗。毕竟，古道是古旧的道路，总有些我们从未谋面的东西，必定会给我们些许意外的发现。只有走向古道深处的人，才有机会遇见山脉深处的迤

迤之美、古时商人的足迹遗风、文人墨客的行吟古韵。

中国有不少遐迩闻名的古道：茶马古道、商於古道、京西古道、夏特古道、羊肠古道等。比如，可与丝绸之路相媲美的古代商业路网——茶马古道，其路网遍布四川省、云南省、贵州省和西藏自治区，是历史上中国西南地区各民族间互通有无，进行经济、文化交流的纽带。茶马古道的每条具体路径，都有各自的神奇，但今天的行人，一般只能探访某一段茶马古道。所以，现代人的古道之行，应该是那些适合徒步行走、距离适中、风景别致的古道。像近几年比较红火的文成红枫古道，让一棵棵古枫伴你走向古道深处，领略岁月苍茫的风情；古时连接徽州与杭州的徽杭古道，可以体验游走山谷的逍遥；以险要崎岖闻名的阴平古道，能够现场感受摩天岭的惊险传奇；具有古建特色的吴越古道，让你有幸一睹吴越古国的建筑神采……

喜欢走向古道深处的旅行者，无须一定要找那些知名的古道。其实，身边的每一条古道，都有值得去的理由。只要你有坚毅的性格和勇气，走向古道深处都将是生活中的一次历练。因为，进入古道深处，能够在孤独无助中发现自我的力量，在寂静无声间修炼一颗宁静的心，在疲惫困顿时滋生前行的毅力。

当然啦，走向古道深处，也必须有所筹划与准备。一方面要了解出发地到目的地的沿途村落、景点等，制定日程安排和线路方案。另一方面要做好行前物件准备。除了准备好途中的食物和合适的背包外，建议穿徒步鞋或中帮登山鞋，带上手杖。如果要自己解决住宿，应该带上睡袋、防潮垫、帐篷、手电筒。同时随身带点藿香正气丸、驱风油等。

"穷游"渐成风尚

　　世间有不少事情出乎人们的预料。按理说社会越发展，人们出游就越不在乎花钱。可是，最近一两年"穷游"一族队伍却日益庞大，越来越多的人绞尽脑汁寻找最经济实惠的旅游玩法，使得"穷游"成了当下一种时尚潮流。

　　周游世界是很多人梦寐以求的愿望，希望在有生之年能够多走些地方，多看看世界的美妙风景。有人说"一个人对景观的亲近和领悟力，在一定意义上也决定了他人生境界的高低"。也是，在我们生命的历程中，热爱生活的人就应该走向远方，一次次出发、一次次告别、一次次到达，让旅途丰富自己的见识与阅历，让世界成为我们生活的乐园。

　　但是，经常游历是件花钱的事情。一些热爱旅行者，迫于经济条件而放弃一次次旅行。尤其是经济不景气或是个人遇到经济困难的时候，是放弃自己的旅行计划，还是想方设法坚持旅行，现在不少人居然选择了后者。于是，省钱的"穷游"便受到追捧，并自然而然地变成一种前卫的旅行方式。

　　"穷游"渐成风尚，大致可以从三个方面来考量：

　　一是懂得省钱是硬道理。懂得省钱属于理性的回归，这种现象值得庆幸。目前，有两种现象可以说明问题。其一，"穷游"一族往往是层次比较高的人，他们没有太多的土豪个性，而是有知识、有经济头脑的人。其二，最近网络分析，有关如何"穷游"的帖子和内容越来越多。比如，"哪里的饭店、民宿居住最便宜"、"哪条游线交通费用最经济合算"等。人们真正把花最少钱玩最多最好地方和花最少的钱享受最大的快乐作为追求的目标。换句话说，省钱成了硬道理，大家认为旅行不必奢侈，不主张浪费。

二是养成习惯便成自然。许多事情只要习惯了，也就不会那么复杂。众多"穷游"者的经验告诉我们，如果经过一段时间有意识的"穷游"旅行后，时间一长，走的地方多了，简约而朴素的行走方式也就成了一种习惯，随之就变得理所当然了。何况，"穷游"的人越来越多，人们互相学习和效仿，觉得大家都是这么玩，也就把"穷游"看成是一种自然而然的选择。

三是省钱攻略普遍受欢迎。想"穷游"出门顺利，实惠满满，做好相关攻略是前提。特别要通过价格比较、网络咨询、提前预订等有效途径形成省钱攻略，保证一次旅行能够稳操胜券。由于"穷游"的人多了，这方面的攻略和锦囊妙计大量见诸网络、报刊和书籍，给广大"穷游"一族提供了参考。所以，现在有关这方面的专门网站、书籍就成了讨人喜欢的东西。

别有洞天的防空洞酒吧

　　防空洞酒吧在中国一些城市悄然问世，并吸引了不少的消费者。可以说，它是世界酒吧家族中的一大中国特色。

　　众所周知，二十世纪六七十年代的那场轰轰烈烈"深挖洞、广积粮"运动，中国的城市开挖了不计其数的防空洞。几十年来这些防空洞一直闲置着，成为阴寒潮湿建筑的代名词。如今，当年的防空洞开始褪去了它曾经的功能与作用，渐渐地被都市生活融合利用。一些防空洞租出去开办为各类主题酒吧，防空洞便转化成了时尚的生活空间。

　　世界上的酒吧，有多种类型和风格。早期美国西部大开发时期的酒吧以酒馆的形式出现，后来一些国家的酒吧发展演变为提供品酒和娱乐表演等综合性服务的消费场所。大约在二十世纪的九十年代，酒吧在上海、北京、广州等城市时兴起来。尔后，越来越多地出现在中国大小都市的一个个角落，成为喜欢泡吧者情有独钟的地方。而近几年出现的防空洞酒吧，则是设置在防空洞

里的提供葡萄酒、啤酒、洋酒、鸡尾酒等酒精类饮料的消费场所（Bar，Pub，Tavern），一些防空洞酒吧还兼营其他一些业务。

和一般酒吧相比，防空洞酒吧有自己明显的特点。在设计和装潢上都十分精致，卡座、散台和壁墙等有鲜明特色，体现的是防空洞空间特点的合理使用和主题文化的独有创意。这些防空洞酒吧，既传承了传统酒吧最初源于欧洲大陆的原始风情，又不乏时尚流行元素的注入。进入酒吧参观一段曲折幽长的艺术走廊是必不可少的，这是防空洞的特殊地形结构使然。几乎每家防空洞酒吧，都会在走廊处设置一些值得回忆和有观赏价值的东西。如芜湖雨耕山酒文化产业园防空洞酒吧的走廊上，错落有致地摆放了一些旧时制作葡萄酒的机具和设备；杭州一家防空洞酒吧的走廊墙壁上投映着各种风格的老电影，置身其中，仿佛行走于时空隧道，穿越中外古今。由于防空洞全年室温维持在 20 摄氏度左右，是绝佳的避暑胜地，加上防空洞酒吧都十分重视除湿和通风系统建设，人在里面会感觉很舒适，尤其是夏季。防空洞酒吧还有一个得天独厚的条件，就是它的常态温度适合储放葡萄酒。所以，有的防空洞酒吧同时向社会开放存放葡萄酒的生意，这样也吸引和方便藏酒的主人前来消费，且让藏酒者有着在"自家酒吧"体验时尚生活的感觉。

总的来说，都市的夜空已经离不开酒吧。虽说来酒吧的人形形色色，或带着伤感的心绪，或期待激情的释放，或为了商机的获取，或寻求快乐的沉醉……不管如何，走进别有洞天的防空洞酒吧一定是不错的选择。

禅意休闲

说起禅修，大家并不陌生，是一种源自佛门的修行方法。主要是通过对禅文化的修炼，把心中的良好状态培养起来，使人的心灵得以慢慢净化，逐渐向着觉悟解脱的方向发展。

但是，禅修对大众来说，似乎有些过于专业。现在许多人流行把禅修与休闲结合在一块，一方面吸取禅修的智慧和简单的学习方式，另一方面通过对禅文化的理解而进行身心同行的休闲，我们把这种休闲方式不妨称之为禅意

休闲。

禅意休闲，首先应该对禅有所了解。禅，是佛教"禅那"的简称，梵语的音译，其意译为"思维修"或"静虑"。禅，被称为东方文化的大智慧，是基于人内在生

命之本源，对社会事物本质的感悟与把握。而具有禅修特征的禅意休闲，是在休闲轻松的环境中进行身心的有效修行，过上"禅意 + 休闲"的日子。

按照禅理论的诠释，禅意休闲应该不仅滋润人的慧根，为人们播下智慧的种子，感知和顿悟宇宙的真谛和自然规律，使人生充满智慧与机趣，也可以为参与者创造机会亲近青山绿水，调节身心作息，起到健康养生的作用。找一个时间，选一处清静寺院，在举手投足间静享禅意生活，静坐、养息，与智者对话，聆听智慧讲堂话语，从中消除平日里的迷惑与烦恼，让干涸的心田得到滋润。还有在寺院里的传统过堂"体验敬重而真诚的吃饭"，品尝禅意香茶等，这

些都算得上一种有质感的禅意休闲。

当然，禅意休闲不一定都要去寺院。每个人都可以抽出时间，轻松地尝试在家或找个秀丽清静的地方，与身边的一草一木、一窗一画进行心灵对话，静学禅之文化，沐浴人性光辉，体味心灵感悟，实现内在的精神超越。让宁静的心在休闲生活中回归本真，质朴无瑕。

由于禅意休闲有助于舒解压力，随缘、修身、舒展、自在，因此颇受许多人的喜爱。

换房旅游

　　换房旅游，源于欧洲当时一些并不富裕的教师。他们热衷于旅游度假，但又不想花太多的钱。于是，就想出了换房旅游的方式，即身在两地的人分别住到对方家里去，在对方住房所在的旅游度假目的地享受旅游度假生活。这样既可以省去许多住旅馆的钱，又能够更加深度地欣赏和体验到当地的风土人情。

　　换房旅游在欧洲一些国家已经比较成熟，有不少为换房旅游服务的中介机构。换房旅游流入中国后，开始被一些年轻人所接受，现在也有一些中老年人接受了这一旅游度假方式。但是，相比于国外，这种旅游度假的方式在国内还是刚刚流行起来，有待于进一步完善。据调查，刚刚起步的国内换房旅游，一般双方都是亲戚、同学、朋友等熟人之间在换。可能是相互之间对信任或隐私方面有些顾忌，特别是一些人居家

生活较为复杂，自己的房子给别人住或住别人的房子，觉得不保险不自在。

事实上，以换房的方式去旅游度假，游客在旅游目的地有一个"家"，不仅省去了住旅馆费用，还有条件自己买菜做饭，私密地生活。同时，自己家里也能够有条件避免被盗窃的风险。通过换房还可以使双方建立友谊，甚至有的单身者因换房旅游，不经意间找到了终身伴侣。国外换房旅游的经验告诉我们，换房旅游所获得的收益和好处要远远大于所承担的风险。

眼下，国内换房旅游操作途径大致有二：一是熟人之间开展的私下通过某种协议达成换房旅游目的。二是通过一些网站（中介）双方提供换房信息，包括房屋及周围环境以及附近旅游资源、具体地址、个人身份、个性化要求、联系方式等，经过签订详细周密的换房协议，达到换房旅游目的。

需要提醒的是，换房旅游免不了在换房过程中出现财产损失或其他纠纷。因此，通过一定的契约形式换房，还是十分必要的。由于换房旅游的制度建设滞后，当事人不能盲目在网上与陌生人随意交换，以免造成不良后果。

换房旅游度假，要入住对方陌生的"家"里去，卫生与健康问题务必重视。要把好用具和食具消毒关，确保换房旅游卫生安全。

栖息于民宿

　　无须匆忙赶路，也不在乎看山观海，去古镇或乡间找间民宿寄居几天，带上灵魂在自由自在的港湾做一次短暂停泊，让固化的生活在生态、古朴、温馨的环境里玩一下新的花样，这也是一种时尚的生活方式。

　　民宿，即家庭旅馆。日本岐阜、中国云南丽江等都是知名的民宿集中地，但风格特征各异，反映了当地的居住习俗和人文情怀。眼下，愈来愈多的民宿散落在古镇乡间，几乎所有城市周边都发展了不少民宿。想住民宿，只需上网搜索，一般就能够订到和自己对味的房间。当然啦，有人住过后向你推

荐的会更靠谱一些。

　　栖息于民宿，哪些"玩法"值得推荐，择其要介绍几种：

　　观赏——我们认为，有灵魂的民宿都因为有个有思想的主人。每间民宿甚至每个房间，都是主人和设计者审美观念与生活情趣的呈现，严格地说都是不可复制的。住在里边，你大可漫无边际地转悠，欣赏着眼前与众不同的一切：庭院、门窗、陶器、字画、风铃、布艺、雕花床、太师椅……每每发现新奇有趣的东西，或者看到主人设计的东西恰是你喜欢的样子，这种感觉妙不可言，也算是生活的恩赐和人生的收获。

品茶——民宿除了传统意义上的住宿功能外，更多的是让人放松心情，品味人生。选择傍晚晚霞蔓延的时光，搬张椅子挨着窗台，泡上一壶红茶，让绯红色的晚霞与杯中红茶相映成趣，在品茶中思考人生，对生命进行一次不同寻常的凝视！

阅读——出发前带几本自己喜爱的书，也可以到民宿后随手拿一两本闲书翻阅，在优雅的环境中融进书香意境，享受读书的乐趣。

写作——许多民宿置于山水绿意之中，居住者能顷刻进入清静无扰的生活空间。爱好写作的人便可潜心动笔，几天假期或许能够酿出一篇大作。

聊天——有首歌里这样唱着"在街角的咖啡店……和你坐着聊聊天"。其实，在民宿聊天的惬意不亚于咖啡店。可以邀上朋友、恋人来民宿一起住，在诗意又悠闲的空间，任性地聊人生、聊爱情。也可以找民宿主人或同店旅客甚至当地村上镇上你想聊的人，一起聊旅途、聊生活。民宿里聊天，裸心赤诚，或许能让你走出某处心灵的沼泽，遇见人生知音。

时尚"网红"旅人

　　网络红人成了当下前卫群体，他们在繁花似锦的网络世界里时尚耀眼，被人们简称为"网红"。前些时日，"网红"靠的是因为某一事件或是以图载文载人或因为网络歌曲而出名，当然，最奏效的是运用网络直播，一夜之间红遍大江南北，无人不晓。

　　新生事物总是在不断地变化之中，眼下期待当"网红"者，不希望只在直播间里摆弄，而要寻找各种机会去某些现场表现一番，毕竟室内配景困难、天幕简单，走出去天大地广，景象多彩，就更有机遇走红。于是，到旅游景区直播或是利用旅游节会出镜，自然成了他们的向往与期待。

　　各地为旅游宣传而举办的节会活动层见叠出，不计其数。随着网络直播效果的显现，许多地方的旅游节会活动都特别策划了"旅游＋直播"的新玩法，通过今日头条、斗鱼、花椒等目前超火的直播平台，对活动的具体内容进行全方位直播。而想网络走红者可以借这类平台，以旅人的身份涉足景区和有声有色的活动现场直接露脸，让直播平台快速向场外传送美貌加美景的高颜值画面，没准就能够一炮打响，顷刻间成为"网红"旅人。

　　说实在话，能够做一名旅人本身就是一件惬意的事情，假如又同时有机会参与旅游活动直播并成为"网红"旅人，真可谓一举两得。而创造这种绝妙机会和平台的大多是政府部门、旅游景区、活动策划公司和网络媒体等，共同的目标是借助网络直播和"网红"效应，达到创新旅游市场营销推广的目的。主要形式不外乎这么几种：一是一些地方或景区邀请"网红"出席当地的活动，参与现场直播，代言旅游形象。二是旅游城市或景区举办现场直播竞赛，邀请观众手机现场拍摄，运用网络直播竞赛，角逐出出彩的"网红"旅人，以此提高旅游城市或景区的知名度。三是组织旅游体验活动，让"网红"在旅游过程中脱颖而出，产生富有实战经验的"网红"旅人。

"网红"旅人的出现，标志着一种全新旅游营销模式的诞生，相比于过去"旅游小姐"及其相关活动，显得更有时代感和影响力。毕竟网络的作用和网民直接参与互动，其影响力前所未有。也正因为这样，现在争当"网红"旅人者不在少数。

需要强调的是，"网红"旅人应积极传播网络正能量，防止用低俗的东西博取名气与关注度，以利于推动"网红旅游经济"这一朝阳产业的健康发展。

睡在车顶上的自驾之旅

　　自驾车旅游最早兴起于二十世纪中期的美国，后来流行于西方发达国家。现在对于中国人来说，自驾车旅游已经不是什么新鲜事，无数人喜欢上了这种惬意而随心所欲的旅游。相比于其他形式的旅游，自驾车旅游具有自由化、个性化、舒适性的特点。但是，真正有品位的自驾之旅，还是有许多讲究的地方。

　　首先，要选择好目的地。要根据自己的空闲时间，确定是100公里左右的近郊游，还是200公里以上的长途游。同时应该考虑出游汽车的档次、性能和驾驶技术以及公路状况等重要因素，最终选择哪些地方作为旅游观光或休闲体验的目的地。

　　除了选择目的地，还要选择什么季节出游。四季轮回，各有精彩。春时野外踩青，夏季戏水纳凉，秋天饱览红叶，冬日沿途赏雪，就看自驾者喜欢什么季节驾驶自己的爱车出发，透过车窗观赏四季各异的美景。所到之处还可以安排去登山、垂钓、溯溪、漂流、游览景区等。

自驾车旅游，出发前必须检查车况，包括检查制动系统、轮胎状况，查看电瓶、机油、冷却液、转向助力油是否正常；检查是否已经带上千斤顶、轮胎扳手、打足气的备胎、车用气泵、工作灯（手电筒）、灭火器、地图和GPS导航仪等随车工具和用具；准备好驾驶证、行驶证、身份证、保险卡等"三证一卡"以及自驾途中够用的钱和信用卡。

目前，我国自驾车旅游消费水平按一个人计算，大概在200~400元/天，其中吃、住、行三项的开支占到了80%左右。所以说，住宿是一项主要的开支。如果想减少自驾车旅游的费用，就要考虑简便而舒适的住宿方式，这就是要向大家介绍的内容——睡在车顶上的自驾之旅。

自驾车旅游，某种意义上说是体验自由、张扬个性、拥有创意的旅游休闲活动。不管是一个人的自驾车旅游，还是几个人结伴的自驾车旅游，都期待自驾出行能够有新的旅途体验和创意。现在就有人流行自驾车旅游时带上一顶车顶帐篷，抵达目的地需要住宿时，就在车顶上架起帐篷，在自己爱车顶上过上一宿，即省下住旅馆的钱和预定旅馆带来的麻烦，又得到睡车顶帐篷那种富有创意和个性化的住宿新体验，可谓一举两得。

户外帐篷，分为休闲帐篷、登山帐篷、沙滩帐篷等几类。这里介绍的车顶帐篷（简称车顶帐）就是休闲帐篷中的一种。车顶帐篷使用起来比较简单，它配有管架和延伸楼梯，方便临时架设和人员上下。目前，一些户外用品市场（商店）有出售车顶帐篷，价格也不贵，有兴趣的自驾朋友不妨买一顶车顶帐篷，体验一下睡在车顶上的自驾之旅。

体验豪华列车

  体验豪华列车，正成为世界上不少人生活中向往的目标。

  列车从 1825 年问世后，人们习惯把它作为交通工具。事实上，这种运行在铁轨上的流动车厢满载过无数人的新奇、喜悦、悲伤、期待。如果您有机会去坐一下世界上那些最豪华的列车，那就更能感受到列车生活的美妙与浪漫。

  当然，具体的列车体验活动事先须做好功课。首先，应了解全球有哪些地方有豪华列车，它的特色是什么，并对它沿线的地理环境和国家、城市做些了解，然后选择你所喜欢的列车。其次，要做好出行前的各种准备，包括签证、行前的行李和物品准备，到达目的地和返程的交通安排、住宿等。

下面介绍几种豪华列车供大家参考：

印度皇宫列车——也许大家对印度列车的印象是破旧、拥挤，甚至车顶上都会坐满乘客。一旦您坐过印度的皇宫列车，就会改变这种印象。皇宫列车就像它的名字一样富丽堂皇，有 14 节车厢，52 个包厢，104 张舒适豪华的沙发床，车厢布置如同皇宫一般。尤其是身着印度传统服装的服务员，在欢迎仪式上给您献上花环，并在您的额头上点上吉祥痣的时候，顷刻您感到的是生活原来这样美妙。皇宫列车从新德里出发，途经泰姬陵等景点，经过 7 天的行程后回到新德里。

非洲之傲列车——它突出的是古典主题，仿佛把您带进百年前火车旅行的时代。车厢采用大窗户设计，乘客可以在平均 60 公里时速的列车上，透过车窗观赏非洲原野的壮美景观。非洲之傲列车全程体验 1600 公里，从南

非比勒陀利亚首都公园私家车站出发，终点为赞比西河上无比壮观的维多利亚大瀑布。

加拿大人号列车——不锈钢制成的车厢，显得特别洁净亮堂且有质感。特别是车上的情侣包厢，弥漫着浓浓的浪漫情调。宽敞的大床上是十分华丽的床具，格外温馨甜蜜。列车每周 3 趟，分别从多伦多和温哥华出发，经过自然保护区、原始森林、洛基山等。

除了上述介绍的列车外，全球类似的豪华列车还有不少，像瑞士雷蒂亚铁路的月光之旅和冰川之旅；成为终极豪华与个人服务代名词的南非蓝色列车；被称为世界上最奢侈列车的皇家苏格兰号列车等。

最后需要提醒大家，坐豪华列车时务必注意列车跨越不同时区时，如果下车小逛或者游览景区一定要仔细听列车员报本地时间，将手表与之对准，不要因为经过不同时区而错失登车时间。

体验世界三大洗浴文化

洗浴文化由来已久。

去过意大利庞贝古城的人都知道，这是座顷刻之间被炽热的火山灰掩埋的古罗马城市。在历经千年时光后被发掘出来的古时澡堂，证实当年的洗浴文化已经十分成熟，澡堂设计和设施都非常科学和完备。可见，洗浴文化是何等的久远！

相比之下，现今世界各国的洗浴文化就更加丰富了，称得上千奇百怪，精彩纷呈。然而，都想一一体验似乎不太现实。对于那些热衷于体验洗浴文化的人来说，芬兰桑拿浴、土耳其蒸汽浴、中国黔东南瑶族药浴是他们认为需要过把瘾的三种世界知名的洗浴文化。

芬兰桑拿浴，闻名世界。几乎所有的芬兰人都嗜好桑拿，所以有人说芬兰是个桑拿的国度。芬兰城乡遍布大大小小的桑拿房，平均不到三个芬兰人就拥有一间桑拿房。如果你有出国旅游的机会，不妨安排去芬兰，既可以领略这个北欧国家魅力无穷的景色，还能够洗个原汁原味的桑拿浴。据考证，芬兰桑拿起源于距今约 6000 年前的石器时代。以往的桑拿房是圆木结构的房间，用木柴将石头烧得通红，然后就在石头上浇水，使浴房烟雾蒸腾。人在其间，大汗淋漓，酣畅不已。到了二十世纪三十年代，人们开始使用以电为能源的桑拿炉，这样就更加安全、方便。于是，桑拿以前所未有的深度和广度渗透到人们的生活中。从文化的角度说，桑拿称得上是芬兰国粹。由于桑拿浴的普及，源于桑拿的文化和民俗长时间地生长和衍生，桑拿文化进到了芬兰社会的每一个角落，包括科学、艺术、宗教等方面都有桑拿文化的影子。同样也影响到世界各地来到芬兰的人，大家都会无比热情地想要去体验一下芬兰的洗浴艺术和文化，感受桑拿浴的热力和惬意。

土耳其蒸汽浴，比较专业，去趟土耳其才有机会体验到正宗的土耳其浴。在一定温度的蒸汽浴室，先用热水把身子打湿，然后躺在热乎乎的大理石平台上，服务员帮你搓身子，直到身上所有的污垢都给搓去后，再往身上涂些用薄荷、樟脑等制成的泡沫水，起到消炎、提神的作用。待泡沫浸透皮肤之后，舀水把身上冲洗干净，并用温水或冷水淋浴全身，顿觉血脉流畅，浑身舒适无比。

瑶族药浴是中国贵州黔东南从江县高华村瑶族人民世代相传的一种独具特色的洗浴方式，也被列入第二批国家级非物质文化遗产，是瑶族民间用以抵御风寒、消除疲劳、防治疾病的传统做法。它是瑶族祖先独创，族内独有，被专家称之为人类健康的古老传承。"瑶族药浴"以多种植物药配方，经过烧煮成药水，把药水注入杉木桶，人坐桶内熏浴浸泡，让药液渗透五脏六腑、全身经络，达到祛风除湿、活血化瘀、排汗排毒的功效。

新潮野餐生活

户外野餐作为一种休闲活动，最近又热闹起来。其实，野餐从 18 世纪的欧洲就开始流行，至今一直在不断地变化发展中。目前的野餐活动相比于最初那种比较正式的皇家社交活动，已经有很大的差异，变得自然、简约、健康了许多。

我们简单地理解野餐，就是人们自带食物在露天的地上铺一块布或是摆上折叠式桌凳，把食物摆在上面的就餐。但是，现在新潮的野餐生活却有些具体的要求。

一要准备好野餐包。最初野餐包的雏形源于欧洲，一般用藤编的野餐篮，虽然结实耐用，但由于体积过大造成携带不便，随着野餐形式的日趋自然轻松而渐渐被淘汰了。现在人们使用的野餐包是对传统样式的创新和改良。市场上最新潮的野餐包都十分方便可用，甚至带有烧烤架等，而且中国生产的牌子最具市场竞争力。大家购买野餐包不必崇洋媚外，国产货就 OK。当然，购买野餐包要根据户外野餐的实际需要来选购，因为野餐包的款式和配置是不一样的。

二要选择好野餐的食物。市场上用于野餐的食物十分丰富，选购时只要注意健康并适合各自的饮食习惯和用量即可。当然，食物应尽可能选择简单多样。为了避免加热的烦琐，宜以冷餐为主。如寿司、三明治、沙拉、火腿、茶叶蛋、卤汁豆腐干，熏鱼等都是不错的选择。近些年野餐开始流行烧烤，除了务必注意野外用火安全外，烧烤食物建议以肉、鱼类为主。

三要选择合适的野餐地点。最早的野餐是从家里用餐搬到户外的庭院进

行野餐，后来野餐地点就不只局限于庭院，地点离居住地越来越远，特别是现代交通条件的改善、自备车拥有量的增加，人们野餐的地点就愈发广泛，讲究的是"野"趣和浪漫。近郊公园、周边的风景旅游区、环境优美的山边、河边、溪边等，都是现代人喜欢的野餐地。如美国纽约的中央公园、法国巴黎的战神公园、日本东京代代木公园、澳大利亚悉尼港周边，都是世界上知名的野餐地点。我们中国地域辽阔，野餐地选择的范围和类型很广。今后几年，预测人们比较喜欢的野餐地会是自驾方便的旅游营地、滨海地带、景色秀美的湖泊之畔等地方。

四要崇尚文明的野餐生活。野餐作为一种健康、自然的生活方式，在国外发达国家较为普遍，近几年在我国也渐渐兴起。正因为这样，我们必须大力宣传野餐过程中的文明行为，注重环境的保护。在野餐过程中请不要随意丢弃食物残渣和垃圾，要把野餐后的垃圾打包带走，还野外一片绿色和清洁。另外，出门野餐为了确保安全，驾车者不可饮酒。

野餐，不只是在大自然环境里用餐，还是与家人、朋友交流感情和亲近自然、陶怡情操的好机会。所以，有越来越多的人喜欢上了新潮野餐生活。

迅速走俏的"私家团"旅游

　　长期以来，旅游出行大致分成跟团旅游和自由行两类。近些年，不少旅行社为适应市场需求，推出了一些量身定制的介于传统旅游团队和自由行之间的旅游产品，其中比较走俏的就是"私家团"旅游。

　　"私家团"是一种定位在为中高端旅游者服务的团队游产品。它的特点是独立成团、专车专导、行程可调，比较适合于亲朋好友单独组织出游。携程旅游比较早地推出"私家团"产品，提出"不和陌生人拼团"的口号，一单一团，最少2人也可以成团，行程自由且私密，全程享受专属服务。创始于1993年，以经营高端时尚旅游产品为核心的凯撒旅游，加快产品和服务转型，致力于打造精致小团、高度私密、深度体验的"私家微团"旅游模式，推出"幸福私家团"产品，受到市场的关注，特别在出境旅游市场上备受欢迎。

　　为什么"私家团"会迅速走俏？主要靠私密性、个性化的优势，并且弥补了传统旅游团队和自由行的诸多不足。参加传统旅游团，虽说有领队或导游全程服务，可游客还是感觉有许多不自在的地方。比如，旅游团人数比较多，要和陌生人一起拼团，而且行程不能完全随自己的意愿确定，也不能更改。尤为难受的是，自己觉得好玩的地方却不能多待，不好玩的地方又不得不去。参加"私家团"旅游，这类问题就能够迎刃而解。相比于自由行，"私家团"的好处也是显而易见的。虽然自由行的个性化、自由化程度很高，但几乎所有出行的事情都要自己打理，像机票、酒店需要提前预订，出发前要做详细攻略和进行各方面的准备。特别是去海外自由行，如果不具备一定的外语能力，还会遇到许多意想不到的难处，势必降低旅游的质量，影响出游的心情。而"私家团"的专属服务，在保证相对私密、自由的同时，享受着有人为你全程服务的无忧无虑的旅行生活。以携程为例，他们根据"私家团"报名的人数（一般 2—7 人），配备专用的车辆和专业的导游，全程为你提供个性化服务。途中想走就走，想停就停，车和导游服从"私家团"的调遣。在景点、住宿、餐饮等方面可以克服大团队的局限，进行"私家团"小团游览行程的个性化安排，体验走得更深度、更精致的深度旅游乐趣。

未来 "私家团"旅游产品在市场上将愈发受到青睐，从事量身定制个性业务的旅行社，普遍重视了"私家团"产品的研发和服务能力的提升，希望在"私家团"市场竞争中占有一席之地。从各地旅行社已经上线的"私家团"产品看，其范围涵盖了亚洲、欧洲、美洲、澳洲等，喜欢"私家团"的小众游客可根据需要比较自如地选择出行目的地。

野宿 VS 民宿

　　这里关于"野宿"的释义有所不同，认为它不只是"在野外过夜"的意思，而是相对于这些年大量发展的民宿，将其理解为远离居住区的在大自然生态环境中带有原生态风格的那些住房和客栈。

　　前些年大量出现的民宿，是利用自用住宅空闲房间，结合当地村镇特点、人文和自然景观、生态环境以及农林牧渔生产活动，以家庭副业方式经营的为旅客提供住宿的地方。民宿环境相对比较雅致，讲究的是一种乡间特色的舒适和安逸。而野宿则不同，追求原生态的环境，把带点狂野、荒芜、

原始作为选址、设计、建设和服务的理念，让旅客有更多的机会亲近自然、感受自在、享受野趣。

世界各地近来出现的野宿类型不少。比如，在荒无人烟的海边建成孤零零的小屋、在森林间建成的树屋、在野趣十足的山地建成的山地客栈等。野宿的出现和人们开始喜欢到野宿居住、度假，足见回归自然、向往生态、体验刺激成为愈来愈多的人的共识和追求，也是对按部就班生活和工作形式的一种调节。当然，从"旅人留宿"的角度看，野宿的出现是对综合性宾馆、特色客栈、民宿等传统旅居形式的补充，反映出今后野宿将和其他形式旅店共存时代的到来。

相比于民宿，野宿更具体验感和挑战性。野宿让入住者难以过"安逸生活"，提供的是一种随时接受大自然和野外风险挑战的住宿经历。那种突如其来的险境、人迹罕至的孤独、荒山野岭的无助、风雨交加的无奈……正是野宿给予旅者的礼物和赠品。然而，野宿也有它温柔的一面。在原生态和自然的环境里，有一间可以遮风挡雨的野宿小屋是弥足珍贵的事情。它是野地中最温馨的地方，它是当下最值得你留宿的场所。

野宿虽然没了民宿依着村镇那份群居的温暖，但它却有欣赏和接触周围自然美景的更好条件。像北欧某个小岛上的野宿，享受的是远离人群喧闹而具有的自然静美状态的美好体验；非洲野味十足草原上的野宿，让你在数星星中过一次意想不到的野外生活；澳洲郁郁葱葱山坡地上的野宿小屋，享用着卧室、餐厅、厨房、卫生间齐全的乡野生活；中国海南搁在罗望子树上的树屋野宿，陪伴着木板和绳索共同入梦。类似这样的体验，是常态生活特别是传统旅途住宿中无法得到的。相信未来会有更多的人被野宿吸引，野宿也将成为继民宿之后的旅店新宠。

夜跑族的户外乐

说到夜跑，大家并不陌生，顾名思义就是夜晚跑步。但是，夜跑作为眼下全球比较受欢迎的运动休闲项目，它还是大有讲究的。

首先，夜跑无疑是一项有氧健身运动。在富有韵律性的运动过程中，人体吸入的氧气与需求相等，达到生理上的平衡状态。特别是夜跑的运动强度适中，节奏均匀，使心率保持良好状态，血液可以供给心肌足够的氧气，而氧气能充分酵解体内的糖分，消耗体内脂肪，有效增强和改善心肺功能，并能够预防骨质疏松，调节心理和精神状态。所以，夜跑被公认是职场忙人锻炼身体的好形式。夜幕下，江边、河边、广场上、绿道上，不时地闪过一道道奔跑的矫健身影。运动后出一身汗，令人神清气爽，尽享一夜的安稳觉，第二天工作就更有精神和活力。

除了健身，夜跑还有助于人们对生活的理解。在国外夜跑也是 Fun Run 的一种，它不只是简简单单的夜晚跑步，而是"快乐、自由、无拘束的跑"，蕴含着对生活的思考和精神层面的许多启迪：

在夜跑中获取快乐。夜幕降临之时，来到户外跑步，白天生活中的那些困扰与烦忧通过夜跑获得精神上的放松而得到解脱。沿途夜色浪漫的景致能让压抑的心灵复归平静，在大自然的音律中尽情享受夜间户外跑步带来的无穷乐趣。

在夜跑中磨炼意志。快乐奔跑的同时，也是自强不息的体验。对于夜跑族来说，星辉熠熠的夜空下必须一步一步地坚持，方能达到锻炼身体的目的，这就是意志磨炼的过程，不可放弃，只能前行。

在夜跑中感悟人生。奔跑，夜跑者行为的主题。在为主题奋斗的途中，前面的道路不管是平坦还是坎坷，都须在奔跑中穿越，并领悟一步一步的艰辛，思考平坦和坎坷的意义。我们的人生何尝不是这样？我们都在为自己设定的人生目标不断地拼搏，会有一段成功的人生历程，也可能遇到一段挫败的人生过程，但我们从未停歇过奋斗的脚步，在思考成功和挫败的人生时，感悟到许多人生的哲理，让我们信心满满地拾取勇气，懂得人生每一步的责任与担当，在未来的人生道路上继续奔跑。

夜跑，既能够带来夜间户外运动的乐趣，又有机会让我们感悟与思考人生。毋庸置疑，它是一项值得大家参与的户外运动。

最后，提醒大家夜跑要注意的几件事：一是不能用力过猛，过度会造成肾衰。二是不要晚上吃饭后马上跑，至少是一个小时以后开始，因为饱腹状态下是不宜锻炼的。三是不要在马路边有汽车尾气的地方夜跑。四是夜跑要选择光线较好的地方，以免摔倒。

隐居式度假

　　《落脚城市》一书的作者道格·桑德斯说："我们都是被城市化的一员，我们回不去故乡，也离不开城市。"这似乎是许多对于退居乡野心向往之，但又非常无奈的人的共同感叹。生活在现代文明中的人，普遍感觉有点累，特别是在大城市，堵车、挤地铁、贷款买房、人际关系、工作压力……人们日复一日地在喧嚣忙碌中度过，于是越来越多的人想逃离到一个清静的地方躲起来。正因为这样，便有了隐居式度假一说。

　　隐居，可以解释为出世。它的要义是过不关注世俗之事的生活。现实中确实有人希望过隐居生活，但真正做到是比较难的。每个人都难免被红尘牵绊，毕竟现代文明成果和发达的物质生活还是能够带来某些方面长期的舒适度的。

面对上述两难处境，怎么办？隐居式度假模式可以让深锁都市洪流而感到疲惫的人们，通过度假形式得到一段时间的隐居体验，也算是"出世"一回，与"世俗之事"隔绝，感受隐居式度假带来的快乐。

　　当然，隐居式度假和历史上

的隐居生活并不一样。不是为了得道、成佛、长生不老，或者像巢父、陶渊明等大家和名士为了不营世利、淡泊名利，而是暂时性的隐居。找一个自己认为清静的地方，把身心安顿下来，在静谧的环境里放松心情，过一次不为外人所知的隐居式假期。如果把隐居式度假与静修结合，还会产生更好的效果。当静与修条件同时具备，人方能得到心灵的成长，倾听内心的声音，增强回观自己的能力，弥补平时只知道向外探视、应付周遭形形色色的东西所造成内心修炼的荒废。所以，隐居式度假可以在一个景色自然优美且人迹罕至的地方，学会"止语"，微闭双目，回归自心，反思固化了的生存标准，思索生命的本源。也许，经历一次隐居式度假，重返原先工作和生活环境后，你的心已更趋于清静平和，心智更为丰沛。

　　那么，哪里是隐居式度假的好去处？其实在每个人生活的周边都有可以隐居度假的好地方，就看你自己的喜欢和选择。如果一定要给出建议，也只能说

些大概的区域，比如四川的峨眉山、陕西的秦岭、浙江的楠溪江、江西的婺源、云南的香格里拉、内蒙古的阿尔山等，都是不错的选择。

原住民部落观光

　　全球各地走近原住民的旅游观光活动一直呈上升趋势。澳大利亚、美国等国家的原住民旅游体验活动日趋丰富，他们以尊重原住民文化为出发点，开发设计并推广各种原住民为主题的旅游产品和线路。澳大利亚旅游局专门设立了原住民观光产业咨询委员会，不断地推陈出新，至今设计推出了超过300种的原住民旅游体验活动。邀请游客去实地，在星空下、营火旁，和当地的原住民进行交流。一些旅游胜地建有文化园区，为外来观光者进行原住民传统舞蹈、乐器、打猎情形等方面的表演。美国的原住民部落观光旅游，主要让大家体验印第安的传统文化。此外，生活在阿拉斯加住着"冰屋"的爱斯基摩人，也是美国原住民部落观光旅游的好去处。

　　由于人们喜欢探寻原住民，才使得世界各地都看好部落观光旅游的发展。像有原住民的新西兰，利用毛利人文化做足了旅游文章；马来西亚沙巴等地，正在开发原住民深度人文之旅。全世界五大洲约70个国家中，生活着5000多个原住民（土著人）团体，有超过3.7亿的人口。可见，未来走近原住民的部落观光旅游潜力巨大。但是，从人们的理念变化看，将来的部落观光旅游会演变为以个性化的自助探寻之旅为主。主要是个性化地选择原住民（土著人）团体聚集的地方，包括相关的原住民文化村，带着崇敬和求知的希冀，自行前往观光旅行或度假。

　　我们期待，走近原住民的部落观光旅游，在带给游者愉悦时也能带动原住民居住地的经济发展。更重要的是，在游览的过程中，人们应更加注重保护生态环境，并尊重原住民的历史和传统文化。

在线旅游新概念和新玩法

　　关于在线旅游的普遍定义是"通过网络的方式查阅和预订旅游产品，并可以通过网络分享旅游或旅行经验，而非通过在线（网络）的方式旅游或旅行"。这个概念正在接受新的挑战，反其道而行的正是通过在线（网络）的方式体验到类似真实旅游或旅行的新玩法，并渐渐地走进我们的生活，成为人们的新期待。

　　当 VR 可以打破空间的限制，融入我们生活方方面面的时候，传统旅游从一个地方到另外一个地方就有可能不是旅游唯一的空间模式，而依靠网

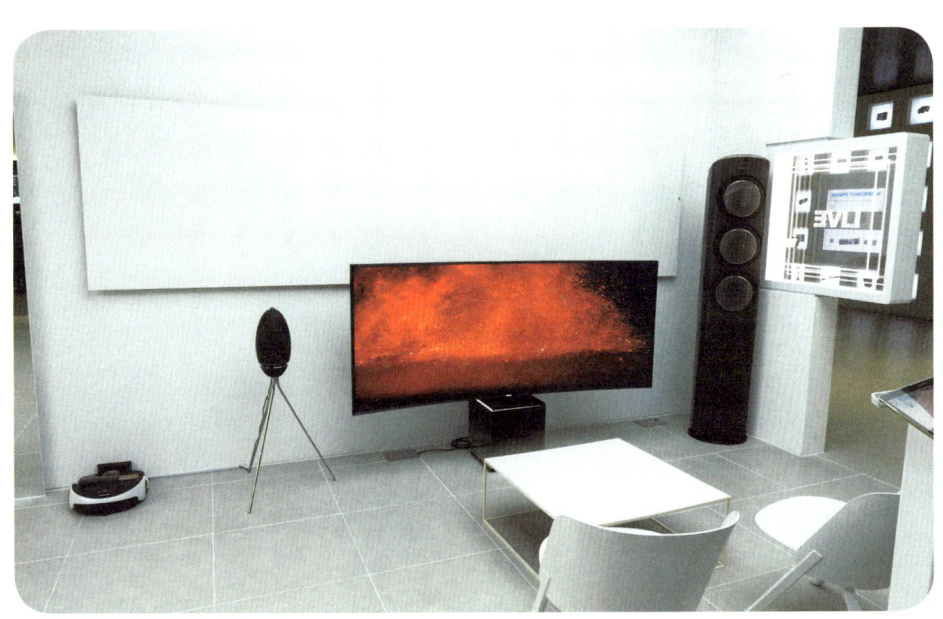

络和周围情景的布置所进行的在线旅游有望很快成为新旅游模式。这种依托"VR+ 旅游"的业态，未来将会衍生出丰富多彩的在线旅游体验产品。

现实已经十分明白地展示在我们眼前，很多景区都做过景区虚拟宣传展示的内容。这种景区虚拟展示已经有了在线旅游新概念雏形，并进一步走近消费群体，成了在线旅游新形式规模化发展的前奏。比如，赞那度推出 VR 内容平台旅行 VR App，汇联皆景宣布完成了全国 4000 多家景区的全景数据采集，大国慧谷全力推动的 VR 动景虚拟旅游平台等。

伴随着"VR+ 旅游"概念的走红，围绕线上在一个地方直接体验旅游的尝试增多，像旅游途中住客栈、酒店，完全可以在一个拥有 VR 虚拟设备的地方，足不出户就能够体验入住某家客栈、酒店。虽然是在线旅游，但也比较真实地"入住"了。像艺龙发布一批酒店全景视频，空空旅行提供客栈的全景视频体验等都已经有了类似效果。目前，一些在线服务企业正在打造的在线 VR 时空旅行类产品，都会进一步推动 VR 虚拟现实旅游体验的普及。

为了更好地模拟传统旅游线路的场景，可以预见未来将会开发出系统地按照某一次旅行的具体虚拟旅游产品。通过"VR+ 旅游"模式，十分具体地将"旅游者"从出发——坐上交通工具——观览景区——入住酒店——返程等旅游过程在一个"VR 虚拟旅游体验店"再现，这个时候前来"VR 虚拟旅游体验店"的消费者，在这里不必远足就体验了一次"从一个地方到另一个地方"的旅行，突破了时空的限制，充分享受具备"临场感"特质的旅途生活。

我们似乎可以推演，除了在"VR 虚拟旅游体验店"以视觉为主的旅游体验外，将来还会发展到虚拟体验环境相关的开发，包括针对具体旅游产品线路的环境营造、气味模仿、空间设计等，让消费者有更加身临其境的感觉。同时，未来网络科技的发展，人们不需要跑到"VR 虚拟旅游体验店"，在自己的家里也有机会享受到真正意义上的在线旅游服务。甚至还有可能通过随身的设备，体验流动的在线旅游。比如，VR 头显设备普及后，就可以享用类似体验。

找家冰店过夜

　　人类对于未来居住环境和条件的要求，有不少不确定的因素，难以预料。可是，近些年冰旅馆的纷纷开业，多少反映出人们途中选择旅馆的某种倾向，以及对居住环境的多样化需求。

　　前不久，位于瑞典北部村庄尤卡斯耶尔维的冰旅馆开业，再一次说明冰旅馆正受到越来越多的人青睐。这家冰旅馆为永久性建筑，占地 2100 平方米，共有 20 间客房。一年 365 天对外开放，改变了以往只在冬季营业，春季冰旅馆消融的历史。由于店址在北极圈以北 200 公里，周围的环境和旅馆十分协调，住店的客人可以选择以雕塑为主题的艺术客房，也可以选择带浴室、桑拿房的豪华型套间。旅馆的建筑原材料全部选用冰雪混合物，室内温度保持在零下 5 摄氏度。如果住进这样的旅馆，度过的是一段与冰雪相依的快乐时光。

　　冰旅馆，也称冰雪酒店或冰旅店，可以分永久性和季节性两类。像尤卡斯耶尔维冰旅馆这种有固定建筑物的就是属于永久性的，而目前多数的冰旅馆还是季节性的，分布在世界许多国家寒冷的地方。每个冬季，人们会运来大量的冰雪，由专业建设者和建筑设计师、艺术家团队来设计并建设冰旅馆，在整个冬季里接待前来参观的游客和入住的客人。登记入住时，冰旅馆会提供全套冬装，并告知旅馆的基本情况和注意事项。

　　住进冰旅馆，会让你有太多的意外和惊异。不管穿了多少衣服，在冰旅馆还是会感受那一丝寒意的情调和氛围，毕竟那是冰屋。面对眼前的冰雕塑、冰酒吧、冰柱子，每件物品都泛着浅蓝色的光，仿佛置身于童话世界，体验别有情趣的冰雪生活，让洁白的光芒映亮心灵。

冰旅馆的寒冷，营造了一个洁净的环境，不容易滋生细菌，有利于身体健康。但是，寒冷的环境也会对人体造成一定的危害，一般来讲容易感冒、伤风和患冻疮，诱发关节炎，所以入住冰旅馆要注意保暖，特别是脚部的保暖。

世界各地的冰旅馆房价不尽相同，住一晚价格大概在 2000~4000 元人民币。如果想入住冰旅馆，一般需要提前预订。

世界许多旅游地都建造了童话般的冰旅馆，像芬兰的斯洛塔宁酒店、奥地利的奥利路村、挪威阿尔塔索瑞斯尼瓦冰酒店、瑞士达沃斯冰屋旅馆、加拿大魁北克的格蕾丝旅馆等，都是喜欢冰雪的朋友找家冰店过夜的好去处。